U0570850

LUOMIOU YU ZHULIYE
WEINISI SHANGREN

罗密欧与朱丽叶·威尼斯商人

【一部凝聚男女情爱离别的悲喜剧】

〔英〕莎士比亚◎著

《青少年经典阅读书系》编委会◎主编

首都师范大学出版社
CAPITAL NORMAL UNIVERSITY PRESS

图书在版编目(CIP)数据

罗密欧与朱丽叶·威尼斯商人/《青少年经典阅读书系》

编委会主编.—北京:首都师范大学出版社,2011.12(2025年2月重印)

(青少年经典阅读书系.文学名著系列)

ISBN 978-7-5656-0589-5

Ⅰ.①罗… Ⅱ.①青… Ⅲ.①戏剧文学–剧本–作品

集–英国–中世纪–缩写 Ⅳ.①I561.33

中国版本图书馆 CIP 数据核字(2011)第 255959 号

罗密欧与朱丽叶·威尼斯商人

《青少年经典阅读书系》编委会 主编

策划编辑　徐建辉

首都师范大学出版社出版发行

地　　址　北京西三环北路 105 号

邮　　编　100048

电　　话　68418523(总编室)　68982468(发行部)

网　　址　www.cnupn.com.cn

印　　厂　廊坊市安次区团结印刷有限公司

经　　销　全国新华书店发行

版　　次　2012 年 7 月第 1 版

印　　次　2025 年 2 月第 5 次印刷

书　　号　978-7-5656-0589-5

开　　本　710mm×1000mm　1/16

印　　张　12

字　　数　154 千

定　　价　42.00 元

总 序

Total order

　　被称为经典的作品是人类精神宝库中最灿烂的部分，是经过岁月的磨砺及时间的检验而沉淀下来的宝贵文化遗产，凝结着人类的睿智与哲思。在滔滔的历史长河里，大浪淘沙，能够留存下来的必然是精华中的精华，是闪闪发光的黄金。在浩瀚的书海中如何才能找到我们所渴望的精华——那些闪闪发光的黄金呢？唯一的办法，我想那就是去阅读经典了！

　　说起文学经典的教育和影响，我们每个人都会立刻想起我们读过的许许多多优秀的作品——那些童话、诗歌、小说、散文等，会立刻想起我们阅读时的那种美好的精神享受的过程，那种完全沉浸其中、受着作品的感染，与作品中的人物，或者有时就是与作者一起欢笑、一起悲哭、一起激愤、一起评判。读过之后，还要长时间地想着，想着……这个过程其实就是我们接受文学经典的熏陶感染的过程，接受文学教育的过程。每一部优秀的传世经典作品的背后，都站着一位杰出的人，都有一个高尚的灵魂。经常地接受他们的教育，同他们对话，他们对社会与对人生的睿智的思考、对美的不懈的追求，怎么会不点点滴滴地渗透到我们的心灵，渗透到我们的思想和感情里呢！巴金先生说："读书是在别人思想的帮助下，建立自己的思想。""品读经典似饮清露，鉴赏圣书如含甘饴。"这些话说得多么恰当，这些感

总　序

Total order

受多么美好啊！让我们展开双臂、敞开心灵，去和那些高尚的灵魂、不朽的作品去对话，交流吧，一个吸收了优秀的多元文化滋养的人，才能做到营养均衡，才能成为精神上最丰富、最健康的人。这样的人，才能有眼光，才能不怕挫折，才能一往无前，因而才有可能走在队伍的前列。

"首师经典阅读书系"给了我们一把打开智慧之门的钥匙，会让我们结识世界上许许多多优秀的作家作品，会让这个世界的许多秘密在我们面前一览无余地展开，会让我们更好地去感悟时间的纵深和历史的厚重。

来吧！让我们一起品读"经典"！

国家教育部中小学继续教育教材评审专家
中国教育学会中学语文教学专业委员会秘书长　苏立康

丛书编委会

丛书策划　李佳健

　　　　　王　安

主　　编　李佳健

副主编　张　蕾

编　　委（排名不分先后）

　　　　张　蕾　李佳健　安晓东　王　晶　高　欢

　　　　徐　可　李广顺　刘　朔　欧阳丽　李秀芹

　　　　朱秀梅　王亚翠　赵　蕾　黄秀燕　王　宁

　　　　邱大曼　李艳玲　孙光继　李海芸

阅读导航

作者简介

威廉·莎士比亚是英国文艺复兴时期伟大的剧作家和诗人。1564 年 4 月 23 日出生于英国中部瓦维克郡埃文河畔斯特拉特福的一个富裕的家庭。1616 年 5 月 3 日病逝。莎士比亚少年时代家庭富裕，曾在当地的一所教授拉丁文的文学学校里学习，因此，掌握了写作的基本技巧与较丰富的知识，但后来因为他的父亲破产，他未能毕业就走上独自谋生之路。之后，他做过各种工作，这些经历为他以后的创作准备了多种素材。

莎士比亚一生的著作颇丰，共创作戏剧 37 部，其中包括四大悲剧：《哈姆莱特》《奥赛罗》《李尔王》《麦克白》。四大喜剧：《第十二夜》《仲夏夜之梦》《威尼斯商人》《无事生非》（人教版教材称《皆大欢喜》）。历史剧：《亨利四世》《亨利五世》《理查二世》等。这些剧作分别属于他的三个各有侧重的创作时期，而晚期所写的悲剧集中了他的人生智慧，反映了各种人性的矛盾和冲突。此外，莎士比亚还写过 154 首十四行诗、两首长诗。

莎士比亚是"英国戏剧之父"，马克思称他为"人类最伟大的天才之一"。莎士比亚只用英文写作，但他却是世界著名作家。他的大部分作品都已被译成多种文字，其剧作也在许多国家上演。

莎士比亚的戏剧多取材于历史记载、小说、民间传说等已有的材料，反映了历史现实，宣扬了新兴资产阶级的人道主义思想和人性论观点。莎士比亚塑造了众多栩栩如生的人物形象，描绘了广阔的、五光十色的社会生活图景，并使之悲喜交融、富于诗意和想象，在统一与矛盾的变化之中，蕴含了丰富的人生哲理。

虽然莎士比亚的戏剧是当时英国的舞台和观众写作的大众化的戏剧，

但在 18 世纪曾遭到以伏尔泰为代表的古典主义者的为难，并在戏剧演出时被任意删改。莎士比亚戏剧的真正价值，直到 19 世纪初，在柯尔律治和哈兹里特等批评家的传播下，才开始为人们所认识。

莎士比亚戏剧的语言生动精练。当时的英国语言正处在一个发展和丰富的重要阶段，莎士比亚一方面运用书面语言和口语，另一方面也广泛采用民间谚语和俚语。有时，他自己还会创造新词汇，因此，他的语言丰富多样，灵活有力，可以随着人物性格、身份、地位的不同而表现人物的性格特征。莎士比亚笔下的人物虽然穿着古代的服装，却富于现实生活的气息，在思想、感情、性格等方面都具有鲜明的个性。

故事梗概

《罗密欧与朱丽叶》中的凯普莱特和蒙太古是维罗纳市的两个世家贵族，这两大家族积怨颇深，经常发生械斗事件，以至于该市的治安都受到了威胁。蒙太古家有个儿子叫罗密欧，当时 17 岁，品行端方，是个连仇人都认为他很不错的小伙子。有一天，他喜欢的女孩罗瑟琳拒绝了他的感情，为此他十分伤心，整天郁郁寡欢，不愿和别人交流，恰巧，凯普莱特家要举行一场盛大的宴会，于是他和自己的朋友戴上面具，混进了凯普莱特家的宴会场。

可是，在这次宴会上，意外发生了，他被凯普莱特家的独生女儿朱丽叶深深吸引住了。这天晚上，朱丽叶是宴会的主角，13 岁的她美若天仙。罗密欧上前向朱丽叶表达了自己的爱慕之情，朱丽叶也对罗密欧有好感。当时，双方都不知道对方是彼此的仇家。后来，在真相大白之后，罗密欧仍然不能摆脱自己对朱丽叶的爱慕。为了寻找自己的爱情，为了获得朱丽叶的芳心，他翻墙跳进了凯普莱特家的后花园，正好听见了朱丽叶在窗口情不自禁地呼唤罗密欧的名字。显然，两个年轻人是一见钟情了。

第二天，罗密欧就去见附近修道院的劳伦斯神父，请他帮忙促成他们二人的婚事。神父答应了罗密欧的请求，觉得这桩婚事可能会化解两家的恩怨。罗密欧通过朱丽叶的奶妈把朱丽叶约到了修道院，在神父的主持下，二人秘密结成了夫妻。可是，天有不测风云，这天中午，罗密欧在街上遇到了朱丽叶的堂兄提伯尔特。提伯尔特要和罗密欧决斗，罗密欧不愿和妻子的亲人决斗，便一味妥协忍让。但他的朋友觉得罗密欧不够勇猛，也没面子，于是就代其和提伯尔特决斗，结果被提伯尔特借机杀死。罗密欧大怒，拔剑为朋友报仇，将提伯尔特杀死了。

维罗纳的统治者决定驱逐罗密欧，并下令，如果罗密欧敢回来就处死他。朱丽叶听到这件事后很伤心，她非常爱罗密欧，不想与他分开。罗密欧也不愿离开，经过神父的劝说他才同意暂时离开。这天晚上，他偷偷爬进了朱丽叶的卧室，度过了悲伤的新婚之夜。第二天天一亮，罗密欧就不得不离开朱丽叶，开始他的流放生活。罗密欧刚离开，出身高贵的帕里斯伯爵就来向朱丽叶求婚。凯普莱特非常满意，觉得帕里斯既富有又有身份，于是命令朱丽叶星期四就结婚。

绝望无助的朱丽叶去找神父帮忙。神父给了她一种药，服下去后就像死了一样，但四十二小时后就会苏醒过来。神父答应她派人通知罗密欧，会很快挖开墓穴，让她和罗密欧远走高飞。朱丽叶依计行事，在婚礼的头天晚上服了药，第二天的婚礼自然变成了葬礼。神父马上派人去通知罗密欧。可是，神父的送信人没有及时地告知罗密欧事情的真相。当罗密欧知道朱丽叶的死讯后，他一心求死，买了致命毒药。他在半夜来到朱丽叶的墓穴旁，杀死了阻拦他的帕里斯伯爵，掘开了墓穴，吻了一下朱丽叶，然后掏出随身带来的毒药一饮而尽，倒在了朱丽叶身旁。不久，朱丽叶醒过来了，她发现深爱的丈夫已经死去，也不想独活人间，亲吻了罗密欧之后，就拔出罗密欧的剑刺向自己，倒在罗密欧身上死去。两家的父母亲眼目睹了此种惨象，伤心欲绝。神父便向他们讲述了罗密欧和朱丽叶的故事。失去儿女之后的两家父母这才清醒过来，可是为时已晚，谁也不能救活自己的孩子。从此，两家消除积怨，并在城中为罗密欧和朱丽叶各铸了一座金像。

✳ ✳ ✳ ✳ ✳

《威尼斯商人》主要情节取材于古老传说。剧情是通过三条线索展开的：一条是鲍西娅选亲，巴萨尼奥选中铅匣子与鲍西亚结成伴侣；一条是夏洛克的女儿杰西卡与安东尼奥的友人罗伦佐的恋爱和私奔；还有一条是主线，即威尼斯商人安东尼奥为了帮助巴萨尼奥成婚，向高利贷者犹太人夏洛克借款三千元而引起的"割一磅肉"的契约纠纷。夏洛克因为安东尼奥借钱给人不要利息，影响高利贷行业，又侮辱了自己，所以，仇恨安东尼奥，乘签订借款契约之机设下圈套，伺机报复。

他在借约上表明：如果三个月期满还不上钱，就从安东尼奥身上割下一磅肉抵债。后来，安东尼奥因船失事，不能如期还钱，夏洛克就提起公诉，要求安东尼奥履行借约。

目录

罗密欧与朱丽叶

威尼斯商人

4

罗密欧与朱丽叶

人物介绍

罗密欧

性情温和，热情、直率、善良，不够沉稳却充满爱心，缺乏心计却愿为爱情而死。直率的本性和残酷的现实迫使他走向极端的道路。他也表现了一个具有崇高理想的人文主义者的品格，他的性格虽然直率，却不乏多样性，是一个勇敢而不成熟的理想主义青年。

朱丽叶

美丽纯洁，对爱情忠贞不屈，把爱情看得高于生命。善良温和，也不乏某些心计。她不顾家族宿怨的禁忌，大胆地表达并接受罗密欧的爱情，表现了她"离经叛道"的精神。她的理想最终不能如愿，是因为她太天真稚嫩，无法抗拒命运的错误安排。她是一个热情而柔弱的理想主义青年。

茂丘西奥

生性乐观。他雄辩、机智，有些饶舌，充满活力，是剧中最令人难忘的角色之一。在决斗中受伤，死神临近，他却拒绝悲哀，仍然想用诙谐和欢乐感染周围的人。

劳伦斯神父

是一位从思想到行动都体现鲜明的人文主义色彩的理想者。他尊重青年男女间的爱情。虽然他给两个年轻人的帮助并没有获得成功，一对恋人未能逃出悲剧的结局，但他的行动，是难能可贵的。而且，劳伦斯神父坚决反对封建家族之间的械斗，他极力促成罗密欧与朱丽叶婚姻的目的也是想以此使两家释嫌修好。

剧中人物

爱斯卡勒斯　维罗纳亲王

帕里斯　少年贵族，亲王的亲戚

蒙太古　⎫

凯普莱特　⎭　互相敌视的两家家长

罗密欧　蒙太古之子

茂丘西奥　亲王的亲戚　⎫

班伏里奥　蒙太古之侄　⎭　罗密欧的朋友

提伯尔特　凯普莱特夫人之内侄

劳伦斯神父　法兰西斯派教士

约翰神父　与劳伦斯同门的教士

鲍尔萨泽　罗密欧的仆人

山普孙　⎫

葛莱古里　⎭　凯普莱特的仆人

彼得　朱丽叶乳媪的从仆

亚伯拉罕　蒙太古的仆人

卖药人

乐工三人

茂丘西奥的侍童

帕里斯的侍童

蒙太古夫人

凯普莱特夫人

朱丽叶　凯普莱特之女

朱丽叶的乳媪

维罗纳市民；两家男女亲属；跳舞者、卫士、巡丁及侍从等致辞者

地　　点

维罗纳；第五幕第一场在曼多亚

开 场 诗

致辞者上。

故事发生在维罗纳名城，

有两家门第相当的巨族，

累世的宿怨激起了新争，

鲜血把市民的白手污渎。

是命运注定这两家仇敌，

生下了一双不幸的恋人，

他们的悲惨凄凉的殒灭，

和解了他们交恶的尊亲。

这一段生生死死的恋爱，

还有那两家父母的嫌隙，

把一对多情的儿女杀害，

演成了今天这一本戏剧。

交代过这几句挈领提纲，

请诸位耐着心细听端详。（下）

　　成长于锦衣玉食、思想禁锢的世家巨族，相识于贤士名媛群集、灯火辉煌的盛宴之中，夹杂于累世的宿怨激起的纷争的旋涡之间，两个命中注定的仇人却开始了一场生死不弃的爱恋。

　　维罗纳城中，蒙太古家和凯普莱特家的奴仆间的挑衅，引出了两个仇怨积深的家族，同时，也让英俊善良的罗密欧与娇艳夺目的朱丽叶相遇相识。于是，两颗年轻的心既要亲亲热热、吵吵闹闹地相爱，又要经受凄凄惨惨、生生死死的分离。这一对多情的儿女将怎样开始他们苦难的相爱历程呢？

第一场　维罗纳。广场

【山普孙及葛莱古里各持盾剑上。

山普孙　葛莱古里，咱们可真的不能让人家当作苦力一样欺侮。

葛莱古里　对了，咱们不是可以随便给人欺侮的。

山普孙　我说，咱们要是发起脾气来，就会拔剑动武。

葛莱古里　对了，你可不要把脖子缩到领口里去。

山普孙　我一动性子，我的剑是不认人的。

葛莱古里　可是你不太容易动性子。

山普孙　我见了蒙太古家的狗子就生气。

葛莱古里　有胆量的，生了气就应当站住不动；逃跑的不是好汉。

山普孙　我见了他们家里的狗子，就会站住不动；蒙太古家里任何男女碰到了我，就像是碰到墙壁一样。

世族间的仇恨从彼此的仆人身上可见一斑。全剧以此为开端，直接进入剧情，开门见山。

葛莱古里　这正说明你是个软弱无能的奴才。只有最没出息的家伙，才去墙底下躲难。

山普孙　的确不错，所以生来软弱的女人，就老是被人逼得不能动。我见了蒙太古家里人来，是男人我就把他们从墙边推出去，是女人我就把她们从墙壁摔过去。

葛莱古里　吵架是咱们两家主仆男人们的事，与她们女人有什么相干？

山普孙　那我不管，我要做一个杀人不眨眼的魔王，一面跟男人们打架，一面对娘儿们也不留情面，我要她们的命。

葛莱古里　要娘儿们的性命吗？

山普孙　对了，娘儿们的性命，或是她们视同性命的童贞，你爱怎么说就怎么说。

葛莱古里　那就要看对方怎样感觉了。

山普孙　只要我下手，她们就会尝到我的辣手，我是有名的一身横肉呢。

葛莱古里　幸而你还不是一身鱼肉，否则你便是一条可怜虫了。拔出你的家伙来，有两个蒙太古家的人来啦。

【亚伯拉罕及鲍尔萨泽上。

山普孙　我的剑已经出鞘，你去跟他们吵起来，我就在你背后帮你的忙。

葛莱古里　怎么？你想转过背逃走吗？

山普孙　你放心吧，我不是那样的人。

葛莱古里　哼，我倒有点不放心！

山普孙　还是让他们先动手，打起官司来也是咱们的理直。

葛莱古里　我走过去向他们横个白眼，瞧他们怎么样。

山普孙　好，瞧他们有没有胆量。我要向他们咬我的大拇指，瞧他们能不能忍受这样的侮辱。

亚伯拉罕　你向我们咬你的大拇指吗？

全剧所呈现的家庭背景情况十分清晰，两家矛盾不仅仅是主人间的仇视，已经渗透到家庭里每一个人的血液里。可见，罗与朱的爱情注定无法实现。在此，作者埋下了伏笔。

山普孙　我是咬我的大拇指。

亚伯拉罕　你是向我们咬你的大拇指吗？

山普孙　（向葛莱古里旁白）要是我说是，那么打起官司来是谁的理直？

葛莱古里　（向山普孙旁白）是他们的理直。

山普孙　不，我不是向你们咬我的大拇指，可是我是咬我的大拇指。

葛莱古里　你是要向我们挑衅吗？

亚伯拉罕　挑衅！不，哪儿的话。

山普孙　你要是想跟我们吵架，那么我可以奉陪。你是你家主子的奴才，我也是我家主子的奴才，难道我家的主子就比不上你家的主子？

亚伯拉罕　比不上。

山普孙　好。

葛莱古里　（向山普孙旁白）说"比得上"，我家老爷的一位亲戚来了。

山普孙　比得上。

亚伯拉罕　你胡说。

山普孙　是汉子就拔出剑来。葛莱古里，别忘了你的杀手剑。（双方互斗）

　　【班伏里奥上。

班伏里奥　分开，蠢材！收起你们的剑。你们不知道你们在干些什么事。（击下众仆的剑）

　　【提伯尔特上。

提伯尔特　怎么！你跟这些不中用的奴才吵架吗？过来，班伏里奥，让我结果你的性命。

班伏里奥　我不过维持和平。收起你的剑，或者帮我分开这些人。

可见班伏里奥温和驯良，他设法制止他们的争吵。

提伯尔特则暴跳如雷，与班伏里奥已成强烈对比。

提伯尔特　什么！你拔出了剑，还说什么和平？我痛恨这两个字，就跟我痛恨地狱、痛恨所有蒙太古家的人和你一样。照剑，懦夫！

（二人相斗）

【两家各有若干人上，加入争斗；一群市民持枪棍继上。

众市民　打！打！打！把他们打下来！打倒凯普莱特！打倒蒙太古！

【凯普莱特穿长袍及凯普莱特夫人同上。

凯普莱特　什么事吵得这个样子？喂！把我的长剑拿来。

凯普莱特夫人　拐杖呢？拐杖呢？你要剑干什么？

凯普莱特　快拿剑来！蒙太古那老东西来啦，他还晃着他的剑，明明在跟我寻事。

【蒙太古及蒙太古夫人上。

蒙太古　凯普莱特，你这奸贼！别拉住我，让我走。

蒙太古夫人　你要去跟人家吵架，我连一步也不让你走。

【亲王率侍从上。

此处作者借亲王的口间接地批评了蒙太古和凯普莱特，正是因为他们之间无法了结的怨恨，才让很多人白白流血。同时，也暗示了戏剧的最后结局。

亲王　目无法纪的臣民，扰乱治安的罪人，你们的刀剑都被你们邻人的血玷污了。他们不听我的话吗？喂，听着！你们这些人，你们这些畜生，你们为了扑灭你们怨毒的怒焰，不惜让殷红的流泉从你们的血管里喷涌出来；你们要是畏惧刑法，赶快从你们血腥的手里丢下你们的凶器，静听你们震怒的君王的判决。凯普莱特，蒙太古，你们已经三次为了一句口头上的空言，引起了市民的械斗，扰乱了我们街道上的安宁，害得维罗纳的年老公民，也不能不脱下他们尊严的装束，在他们习于安乐的苍老衰弱的手里夺过古旧的长枪，分解你们溃烂的纷争。要是你们以后再在市街上闹事，就要把你们的生命作为扰乱治安的代价。现在别人都给我退下去；凯普莱特，你跟我来；蒙太古，你今天下午到自由村的审判

厅里来，听候我对于今天这一案的宣判。大家散去，倘有逗留不去的，格杀勿论！（除蒙太古夫妇及班伏里奥外皆下）

蒙太古　这一场宿怨是谁又重新煽风点火？侄儿，对我说，他们动手的时候，你也在场吗？

班伏里奥　我还没有到这儿来，您的仇家的仆人跟您家里的仆人已经打成一团了，我拔出剑来分开他们；就在这时候，那个性如烈火的提伯尔特提着剑来了，他对我出言不逊，把剑在他自己头上舞得嗖嗖直响，就像风在那儿讥笑他的装腔作势一样。当我们正在剑来剑去的时候，人越来越多，有的帮这一面，有的帮那一面，乱哄哄地互相争斗，直等亲王来了，方才把两边的人喝开。

蒙太古夫人　啊，罗密欧呢？你今天见过他吗？我很高兴他没有参加这场争斗。

班伏里奥　伯母，在尊严的太阳开始从东方的黄金窗里探出头来的一小时以前，我因为心中烦闷，到郊外去散步，在城西一丛枫树的下面，我看见罗密欧兄弟一早在那儿走来走去。我正要向他走过去，他已经看见了我，就躲到树林深处去了。我因为自己也是心灰意懒，觉得连自己这一身也是多余的，只想找一处没有人迹的地方，所以凭着自己的心境推测别人的心境，也就不去找他多事，彼此互相避开了。

蒙太古　好多天前的早上曾经有人在那边看见过他，用眼泪洒为清晨的露水，用长叹嘘成天空的云雾；可是一等到鼓舞众生的太阳在东方的天边开始揭起黎明女神床上灰黑色的帐幕的时候，我那怀着一颗沉重的心的儿子，就逃避了光明，溜回到家里，一个人关起了门躲在房间里，闭紧了窗子，把大好的阳光锁在外面，为他自己制造了一个人工的黑夜。他这种怪脾气恐怕不是好兆，除非良言劝告可以替他解除心头的烦恼。

在此，可以看出凯普莱特的侄子提伯尔特是一个性格暴躁、不听劝阻的人，他不会向蒙太古家做出任何妥协的举动。

心灰意懒：灰心、丧气，意志消沉。

蒙太古说出了自己儿子的性格，以及他逃脱不了的宿命的安排。无论是此时失恋的罗密欧还是以后爱上朱丽叶的罗密欧，都无法在家人的祝福中享受到恋爱的甘果。

班伏里奥　伯父，您知道他的烦恼的根源吗？

蒙太古　我不知道，也没有法子从他自己嘴里探听出来。

班伏里奥　您有没有设法探问过他？

蒙太古　我自己以及许多其他的朋友都曾经探问过他，可是他把心事一股脑儿闷在自己肚里，总是守口如瓶，不让人家试探出来，正像一朵初生的蓓蕾，还没有迎风舒展它的嫩瓣，向太阳献吐它的娇艳，就给妒忌的蛀虫咬啮了一样。只要能够知道他的悲哀究竟是从什么地方来的，我们一定会尽心竭力替他找寻治疗的方案。

班伏里奥　瞧，他来了。请您站在一旁，等我去问问他究竟有些什么心事，看他理不理我。

蒙太古　但愿你留在这儿，能够听到他的真情的吐露。来，夫人，我们去吧。（*蒙太古夫妇同下*）

【罗密欧上。

班伏里奥　早安，兄弟。

罗密欧　天还是这样早吗？

班伏里奥　刚敲过九点钟。

罗密欧　唉！在悲哀里度过的时间似乎是格外长的。急忙忙地走过去的那个人，不就是我的父亲吗？

班伏里奥　正是。什么悲哀使罗密欧的时间过得这样长？

罗密欧　因为我缺少了可以使时间变得短促的东西。

班伏里奥　你跌进恋爱的网里了吗？

罗密欧　我还在门外徘徊——

班伏里奥　在恋爱的门外？

罗密欧　我不能得到我的意中人的欢心。

班伏里奥　唉！想不到爱神的外表这样温柔，实际上却是如此残暴！

罗密欧　唉！想不到爱神蒙着眼睛，却会一直闯进人们

说明他只是渴慕爱情，而还没有得到爱情，作者利用这种心情，表现了罗密欧是个热血青年，一旦遇见真爱，他定然不顾一切追求到底。

的心灵！我们在什么地方吃饭？嗳哟！又是谁在这儿打过架了？可是不必告诉我，我早就知道了。这些都是怨恨造成的后果，可是爱情的力量比它要大过许多。啊，吵吵闹闹地相爱，亲亲热热地怨恨！啊，无中生有的一切！啊，沉重的轻浮，严肃的狂妄，整齐的混乱，铅铸的羽毛，光明的烟雾，寒冷的火焰，憔悴的健康，永远觉醒的睡眠，否定的存在！我感觉到的爱情正是这么一种东西，可是我并不喜爱这种爱情。你不会笑我吗？

班伏里奥　不，兄弟，我倒是有点儿想哭。

罗密欧　好人，为什么呢？

班伏里奥　因为瞧着你善良的心受到这样的痛苦。

罗密欧　唉！这就是爱情的错误，我自己已经有太多的忧愁重压在我的心头，你对我表示的同情，徒然使我在太多的忧愁之上再加上一重忧愁。爱情是叹息吹起的一阵烟；恋人的眼中有它净化了的火星；恋人的眼泪是它激起的波涛。它又是最智慧的疯狂，哽喉的苦味，吃不到嘴的蜜糖。再见，兄弟。（欲去）

班伏里奥　且慢，让我跟你一块儿去。要是你就这样丢下了我，未免太不给我面子啦。

罗密欧　嘿！我已经遗失了我自己，我不在这儿，这不是罗密欧，他是在别的地方。

班伏里奥　老实告诉我，你所爱的是谁？

罗密欧　什么！你要我在痛苦呻吟中说出她的名字来吗？

班伏里奥　痛苦呻吟！不，你只要告诉我她是谁就得了。

罗密欧　叫一个病人郑重其事地立起遗嘱来！啊，对于一个病重的人，还有什么比这更刺痛他的心？老实对你说，兄弟，我是爱上了一个女人。

班伏里奥　我说你一定在恋爱，果然猜得不错。

郑重其事：形容对待事情非常严肃认真。

罗密欧　好一个每发必中的射手！我所爱的是一位美貌的姑娘。

班伏里奥　好兄弟，目标越好，射得越准。

罗密欧　你这一箭就射岔了。丘比特的金箭不能射中她的心；她有狄安娜女神的圣洁，不让爱情软弱的弓矢损害她的坚不可破的贞操。她不愿听任深怜密爱的词句把她包围，也不愿让灼灼逼人的眼光向她进攻，更不愿接受可以使圣人动心的黄金的诱惑。啊！美貌便是她巨大的财富，只可惜她死后，她的美貌也要化为黄土！

班伏里奥　那么她已经立誓终身守贞不嫁了吗？

罗密欧　她已经立下了这样的誓言，为了珍惜她自己，造成了莫大的浪费；因为她让美貌在无情的岁月中日渐枯萎，不知道替后世传留下她的绝世容华。她是个太美丽、太聪明的人儿，不应该剥夺她自身的幸福，使我抱恨终天。她已经立誓割舍爱情，我现在活着也就等于死去一般。

班伏里奥　听我的劝告，别再想起她了。

罗密欧　啊！那么你教我怎样忘记吧。

班伏里奥　你可以放纵你的眼睛，让它们多看几个世间的美人。

罗密欧　那不过格外使我觉得她的美艳无双罢了。那些吻着美人娇额的幸运的面罩，因为它们是黑色的缘故，常常使我们想起被它们遮掩的面庞不知多么娇丽。突然盲目的人，永远不会忘记存留在他消失了的视觉中的宝贵的影像。给我看一个姿容绝代的美人，她的美貌除了使我记起世上有一个人比她更美以外，还有什么别的用处？再见，你不能教我怎样忘记。

班伏里奥　我一定要证明我的意见不错，否则死不瞑目。

（同下）

抱恨终天：因心中存有遗憾或怨恨的事而含恨一辈子。

班伏里奥的建议一语道破。罗密欧正是用他的双眼在舞会上发现了朱丽叶。

此时的罗密欧相信自己无法再喜欢上其他女人。可是，他又为什么会爱上朱丽叶？

第二场　同前。街道

【凯普莱特、帕里斯及仆人上。

凯普莱特　可是蒙太古也负着跟我同样的责任，我想像我们这样有了年纪的人，维持和平还不是难事。

帕里斯　你们两家都是很有名望的大族，结下了这样不解的冤仇，真是一件不幸的事。可是，老伯，您对于我的求婚有什么见教？

凯普莱特　我的意思早就对您表示过了。我的女儿今年还没有满十四岁，完全是一个不懂事的孩子。再过两个夏天，才可以谈到亲事。

帕里斯　比她年纪更小的人，都已经做了幸福的母亲了。

凯普莱特　早结果的树木一定早凋。我在这世上已经什么希望都没有了，只有她是我唯一的安慰。<u>可是向她求爱吧，善良的帕里斯，得到她的欢心；只要她愿意，我的同意是没有问题的。</u>今天晚上，我要按照旧例，举行一次宴会，邀请许多亲友参加，您也是我所要邀请的一个，请您接受我的最诚意的欢迎。在寒舍，今晚您可以见到灿烂的群星翩然下降，照亮黑暗的天空；在蓓蕾一样娇艳的女郎丛里，您可以充分享受青春的愉快，正像盛装的四月追随着残冬的足迹降临人世，在年轻人的心里充满着活跃的欢欣一样。您可以听一个够，看一个饱，从许多美貌的女郎中间，连我的女儿也在内，拣一个最好的做您的意中人。来，跟我去。(以一纸交仆) 你到维罗纳全城去走一圈，挨着这单子上一个一个的名字去找人，请他们到我的家里来。(凯普莱特、帕里斯同下)

仆人　挨着这单子上的名字去找人！人家说，鞋匠的针线，裁缝的钉锤，渔夫的笔，画师的网，各人有各人的职司；可是我们的老爷却叫我挨着这单子上的名字去找人，我怎么知道写字的

凯普莱特允许帕里斯向朱丽叶求婚，他表示只要朱丽叶同意，他会赞成婚事。这与后文罗密欧向朱丽叶的求婚形成了反衬。足见两家的仇恨之深。

人在这上面写着些什么？我一定要找个识字的人。来得正好。

【班伏里奥及罗密欧上。

班伏里奥　不，兄弟，新的火焰可以把旧的火焰扑灭，大的苦痛可以使小的苦痛减轻；头晕目眩的时候，只要转身向后；一桩绝望的忧伤，也可以用另一桩烦恼把它驱除。给你的眼睛找一个新的迷惑，你的原来的痼疾就可以霍然脱体。

痼(gù)疾：经久难治愈的病。

罗密欧　你的药草只好医治——

班伏里奥　医治什么？

罗密欧　医治你的跌伤的胫骨。

班伏里奥　怎么，罗密欧，你疯了吗？

罗密欧　我没有疯，可是比疯人更不自由；关在牢狱里，不进饮食，挨受着鞭挞和酷刑。晚安，好朋友！

仆人　晚安！请问先生，您念过书吗？

罗密欧　是的，这是我的不幸中的资产。

此处的仆人是关键的一个人物。正是因为他不识字，才让罗密欧有机会了解到凯普莱特家要举行舞会的事。

仆人　也许您只会背诵。可是请问您会不会看着字一个一个地念？

罗密欧　我认得的字，我就会念。

仆人　您说得很老实，愿您一生快乐！（欲去）

罗密欧　等一等，朋友，我会念。"玛丁诺先生暨夫人及诸位令嫒；安赛尔美伯爵及诸位令妹；寡居之维特鲁维奥夫人；帕拉森西奥先生及诸位令侄女；茂丘西奥及其令弟凡伦丁；凯普莱特叔父暨婶母及诸位贤妹；罗瑟琳贤侄女；里维娅；伐伦西奥先生及其令表弟提伯尔特；路西奥及活泼之海丽娜。"好一群名士贤媛！请他们到什么地方去？

仆人　到——

罗密欧　哪里？

仆人　到我们家里吃饭去。

罗密欧　谁的家里?

仆人　我的主人的家里。

罗密欧　对了,我该先问你的主人是谁才是。

仆人　您也不用问了,我就告诉您吧。我的主人就是那个有财有势的凯普莱特。要是您不是蒙太古家里的人,请您也来跟我们喝一杯酒,愿您一生快乐!(下)

班伏里奥　在这个凯普莱特家里按照旧例举行的宴会中间,你所热恋的美人罗瑟琳也要跟着维罗纳城里所有的绝色名媛一同去赴宴。你也到那儿去吧,用着不带成见的眼光,把她的容貌跟别人比较比较,你就可以知道你的天鹅不过是一只乌鸦罢了。

罗密欧　要是我的虔敬的眼睛会相信这种谬误的幻象,那么让眼泪变成火焰,把这一双罪恶昭著的异教邪徒烧成灰烬吧!比我的爱人还美!烛照万物的太阳,自有天地以来也不曾看见过一个可以和她媲美的人。

班伏里奥　嘿!你看见她的时候,因为没有别人在旁边,你的两只眼睛里只有她一个人,所以你以为她是美丽的;可是在你那水晶的天秤里,要是把你的恋人跟另外一个我可以在这宴会里指点给你看的美貌的姑娘同时较量起来,那么她现在虽然仪态万方,那时候就要自惭形秽了。

罗密欧　我倒要去这一次。不是去看你所说的美人,只要看看我自己的爱人怎样大放光彩,我就心满意足了。(同下)

第三场　同前。凯普莱特家中一室

【凯普莱特夫人及乳媪上。

凯普莱特夫人　奶妈,我的女儿呢?叫她出来见我。

乳媪　凭着我十二岁时候的童贞发誓,我早就叫过她了。喂,小绵羊!喂,小鸟儿!上帝保佑!这孩子到什么地方去啦?喂,朱丽叶!

如果说仆人是根导火线,那么班伏里奥就是个点火的人,正是因为他对罗瑟琳的不看好,才唤起罗密欧要去参加仇人舞会的决心。

自惭形秽:原指因自己容貌举止不如别人而感到惭愧,后来泛指自愧不如别人。

【朱丽叶上。

朱丽叶 什么事？谁叫我？

乳媪 你的母亲。

朱丽叶 母亲，我来了。您有什么吩咐？

凯普莱特夫人 是这么一件事。奶妈，你出去一会儿。我们要谈些秘密的话。奶妈，你回来吧，我想起来了，你也应当听听我们的谈话。你知道我的女儿年纪也不算小啦。

乳媪 对啊，我把她的生辰记得清清楚楚的。

凯普莱特夫人 她现在还不满十四岁。

乳媪 我可以用我的十四颗牙齿打赌——唉，说来伤心，我的牙齿掉得只剩四颗啦！——她还没有满十四岁呢。现在离收获节还有多久？

凯普莱特夫人 两个星期多一点儿。

乳媪 不多不少，不先不后，到收获节的晚上她才满十四岁。苏珊跟她同年——上帝安息一切基督徒的灵魂！唉！苏珊是跟上帝在一起啦，我命里不该有这样一个孩子。可是我说过的，到收获节的晚上，她就要满十四岁啦。正是，一点儿不错，我记得清清楚楚的。自从地震那一年到现在，已经十一年啦。那时候她已经断了奶，我永远不会忘记，不先不后，刚巧在那一天。因为我在那时候用艾叶涂在奶头上，坐在鸽棚下面晒着太阳。老爷跟您那时候都在曼多亚。瞧，我的记性可不算坏。可是我说的，她一尝到我奶头上的艾叶的味道，觉得变苦啦，嗳哟，这可爱的小傻瓜！她就发起脾气来，把奶头甩开啦。那时候地震，鸽棚都在摇动呢。这个说来话长，算来也有十一年啦。后来她就慢慢地会一个人站得直挺挺的，还会摇呀摆的到处乱跑，就是在她跌破额角的那一天，我那去世的丈夫——上帝安息他的灵魂！他是个喜欢说说笑笑的人，把这孩子抱了起来，"啊！"他说，"你往前扑了吗？等你年纪一大，你就要往后仰了。是不是呀，朱丽叶？"谁知道这个可爱的坏东西忽然停住了哭声，说"嗯"。嗳哟，真把人都笑死了！就是我活到一千岁，我也不会忘记这句话。"是不是呀，朱丽叶？"他说。这可爱的小傻瓜就停住了哭声，说"嗯"。

凯普莱特夫人　得了得了，请你别说下去了。

乳媪　是，太太。可是我一想到她会停住了哭声说"嗯"，就禁不住笑起来。不说假话，她额角上肿起了像小雄鸡的睾丸那么大的一个包哩。她痛得放声大哭。"啊！"我的丈夫说，"你往前扑了吗？等你年纪一大，你就要往后仰了。是不是呀，朱丽叶？"她就停住了哭声，说"嗯"。

朱丽叶　我说，奶妈，你也可以停住嘴了。

乳媪　好，我不说啦，我不说啦。上帝保佑你！你是在我手里抚养长大的一个最可爱的小宝贝；要是我能够活到有一天瞧着你嫁出去，也算了结我的一桩心愿啦。

凯普莱特夫人　是呀，我现在就是要谈起她的亲事。朱丽叶，我的孩子，告诉我，要是现在把你嫁出去，你觉得怎么样？

朱丽叶　这是我做梦也没有想到过的一项荣誉。

乳媪　一项荣誉！倘不是你只有我这一个奶妈，我一定要说你的聪明是从奶头上得来的。

凯普莱特夫人　好，现在你把婚姻问题考虑考虑吧。在这维罗纳城里，比你再年轻点儿的千金小姐们，都已经做了母亲啦。就拿我来说吧，我在你现在这样的年纪，也已经生下了你。废话用不着多说，少年英俊的帕里斯已经来向你求过婚啦。

乳媪　真是一位好官人，小姐！像这样的一个男人，小姐，真是天下少有。嗳哟！他真是一位十全十美的好郎君。

凯普莱特夫人　维罗纳的夏天找不到这样一朵好花。

乳媪　是啊，他是一朵花，真是一朵好花。

凯普莱特夫人　你怎么说？你能不能喜欢这个绅士？今晚在我们家里的宴会中间，你就可以看见他。从年轻的帕里斯的脸上，你可以读到用秀美的笔写成的迷人诗句；一根根齐整的线条，交织成整个一幅谐和的图画；要是你想探索这一卷美好的书中的奥秘，在他的眼角上可以找到微妙的诠释。这本珍贵的恋爱的经典，只缺少一帧可以使它相得益彰的封面；正像游鱼需要活水，美妙的内容也少不了美妙的外表陪衬。记载着金科玉律的宝籍，锁合在漆金的封面里，它的辉煌富丽为众目所共见；要是你做了他的封面，那么他所有的一切都属于你所有了。

乳媪　何止如此！我们女人有了男人就富足了。

凯普莱特夫人　简简单单地回答我，你能够接受帕里斯的爱吗？

朱丽叶　要是我看见了他以后，能够产生好感，那么我是准备喜欢他的。可是我的眼光的飞箭，倘若没有得到您的允许，是不敢大胆发射出去的呢。

【一仆人上。

仆人　太太，客人都来了，餐席已经摆好了，请您跟小姐快些出去。大家在厨房里埋怨着奶妈，什么都乱成一团。我要待候客人去，请您马上就来。

凯普莱特夫人　我们就来了。朱丽叶，那伯爵在等着呢。

乳媪　去，孩子，快去找天天欢乐，夜夜良宵。（同下）

第四场　同前。街道

【罗密欧、茂丘西奥、班伏里奥及五六人或戴假面或持火炬上。

罗密欧　怎么！我们就用这一番话作为我们的进身之阶呢，还是就这么昂然直入，不说一句道歉的话？

班伏里奥　这种虚文俗套，现在早就不流行了。我们用不着蒙着眼睛的丘比特，背着一张花漆的木弓，像个稻草人似的去吓那些娘儿们；也用不着跟着提示的人一句一句念那从书上默诵出来的登场白。随他们把我们认作什么人，我们只要跳完一回舞，走了就完啦。

罗密欧　给我一个火炬，我不高兴跳舞。我的阴沉的心需要光明。

茂丘西奥　不，好罗密欧，我们一定要你陪着我们跳舞。

罗密欧　我实在不能跳。你们都有轻快的舞鞋；我只有一个铅一样重的灵魂，把我的身体紧紧地钉在地上，使我的脚步不能移动。

茂丘西奥　你是一个恋人，你就借着丘比特的翅膀，高高地飞起来吧。

罗密欧　他的羽镞已经穿透我的胸膛，我不能借着他的羽翼高翔；他束缚住了我整个灵魂；爱的重担压得我向下坠沉，跳不出烦恼去。

茂丘西奥　爱是一件温柔的东西，要是你拖着它一起沉下去，那未免太难为它了。

罗密欧　爱是温柔的吗？它是太粗暴、太专横、太野蛮了；它像荆棘一样刺人。

茂丘西奥　要是爱情虐待了你，你也可以虐待爱情；它刺痛了你，你也可以刺痛它。这样你就可以战胜爱情。给我一个面具，让我把我的尊容藏起来。（戴假面）嗳哟，好难看的鬼脸！再给我拿一个面具来把它罩住吧。也罢，就让人家笑我丑，也有这一张鬼脸替我遮盖。

班伏里奥　来，敲门进去。大家一进门，就跳起舞来。

罗密欧　拿一个火炬给我。让那些无忧无虑的公子哥儿们去卖弄他们的舞步吧。莫怪我说句老气横秋的话，我对这种玩意儿实在敬谢不敏，还是做个壁上旁观的人吧。

茂丘西奥　胡说！要是你已经没头没脑深陷在恋爱的泥沼里——恕我说这样的话——那么我们一定要拉你出来。来来来，我们别白昼点灯浪费光阴啦！

罗密欧　我们并没有白昼点灯。

茂丘西奥　我的意思是说，我们耽误时光，好比白昼点灯一样。我们没有恶意，我们还有五个官能，可以有五倍的观察能力呢。

罗密欧　我们去参加他们的舞会也无恶意，只怕不是一件聪明的事。

茂丘西奥　为什么？请问。

罗密欧　昨天晚上我做了一个梦。

茂丘西奥　我也做了一个梦。

罗密欧　好，你做了什么梦？

茂丘西奥　我梦见做梦的人老是说谎。

罗密欧　一个人在睡梦里往往可以见到真实的事情。

茂丘西奥　啊！那么一定春梦婆来望过你了。

班伏里奥　春梦婆！她是谁？

茂丘西奥　她是精灵们的稳婆。她的身体只有郡吏手指上一颗玛瑙那么大；几匹蚂蚁大小的细马替她拖着车子，越过酣睡的人们的鼻梁，她的车辐是用蜘蛛的长脚做成的；车篷是蚱蜢的翅膀；挽索是小蜘蛛丝，颈带如水的月光；马鞭是蟋蟀的骨头；缰绳是天际的游丝。替她驾车的是一只小小的灰色的蚊虫，它的大小还不及从一个贪懒丫头的指头上挑出来的懒虫的一半。她的车子是野蚕用一个榛子的空壳替她造成的，它们从古以来，就是精灵们的车匠。她每夜驱着这样的车子，穿过情人们的脑中，他们就会在梦里谈情说爱；经过官员们的膝上，他们就会在梦里打躬作揖；经过律师们的手指，他们就会在梦里伸手讨讼费；经过娘儿们的嘴唇，她们就会在梦里跟人家接吻，可是因为春梦婆讨厌她们嘴里吐出来的糖果的气息，往往罚她们满嘴长着水泡。有时奔驰过廷臣的鼻子，他就会在梦里寻找好差事；有时她从捐献给教会的猪身上拔下它的尾巴来，撩拨着一个牧师的鼻孔，他就会梦见自己又领到一份俸禄；有时她绕过一个兵士的颈项，他就会梦见杀敌人的头，进攻、埋伏、锐利的剑锋、淋漓地痛饮——忽然被耳边的鼓声惊醒，咒骂了几句，又翻了个身睡去了。就是这个春梦婆在夜里把马鬣打成了辫子，把懒女人的龌龊的乱发烘成一处处胶粘的硬块，倘然把它们梳通了，就要遭逢祸事；就是这个婆子在人家女孩子们仰面睡觉的时候，压在她们的身上，教会她们怎样养儿子；就是她——

罗密欧　得啦，得啦，茂丘西奥，别说啦！你全然在那儿痴人说梦。

茂丘西奥　对了，梦本来是痴人脑中的胡思乱想；它的本质像空气一样稀薄；它变化莫测，就像一阵风，刚才还在向着冰雪的北方求爱，忽然发起恼来，一转身又到雨露的南方来了。

班伏里奥　你讲起的这一阵风，不知把我们自己吹到哪儿去了。人家晚饭都用过了，我们进去怕要太晚啦。

罗密欧　我怕也许是太早了。我仿佛觉得有一种不可知的命运，将要从我们今天晚上的狂欢开始它的恐怖的统治，我这可憎的生命，将要遭遇残酷的夭折而告一结束。可是让支配我的前途的上帝指导我的行动吧！前进，快活的朋友们！

班伏里奥　来，把鼓擂起来。（同下）

第五场　同前。凯普莱特家中厅堂

【乐工各持乐器等候；众仆上。

仆甲　卜得潘呢？他怎么不来帮忙把这些盘子拿下去？他不愿意搬碟子！他不愿意揩砧板！

仆乙　一切事情都交给一两个人管，叫他们连洗手的工夫都没有，这真糟糕！

仆甲　把折凳拿进去，把食器架搬开，留心打碎盘子。好兄弟，留一块杏仁酥给我；谢谢你去叫那管门的让苏珊跟耐儿进来。安东尼！卜得潘！

仆乙　嗷，兄弟，我在这儿。

仆甲　里头在找着你，叫着你，问着你，到处寻着你。

仆丙　我们可不能一身分两处呀。

仆乙　来，孩子们，大家出力！（众仆退后）

【凯普莱特、朱丽叶及其家族等自一方上；众宾客及假面跳舞者等自另一方上，相遇。

凯普莱特　诸位朋友，欢迎欢迎！足趾上不生茧子的小姐太太们要跟你们跳一回舞。啊哈！我的小姐们，你们中间现在有什么人不愿意跳舞？我可以发誓，谁要是推三阻四的，一定脚上长着老大的茧子。果然给我猜中了吗？诸位朋友，欢迎欢迎！我从前也曾经戴过假面，在一个标致姑娘的耳朵旁边讲些使得她心花怒放的话。这种时代现在是过去了，过去了，过去了。诸位朋友，欢迎欢迎！来，乐工们，奏起音乐来吧。站开些！站开些！让出地方来。姑娘们，跳起来吧。（奏乐；众开始跳舞）浑蛋，把灯点亮一点儿，把桌子一起搬掉，把火炉熄了，这屋子里太热啦。啊，好小子！这才玩得有兴。啊！请坐，请坐，好兄弟，我们两人现在是跳不起来了。您还记得我们最后一次戴着假面跳舞是在什么时候？

描写凯普莱特家仆人的忙碌给宴会带来的热闹气氛。

在如此嘈杂的舞会上，提伯尔特竟能辨别出仇家的声音，足见两家如海深的仇恨。而且也看出提伯尔特暴躁的个性，不分场合，只要仇家出现就要将其置于死地，没有半点儿通融。

凯普莱特族人　这话说来也有三十年啦。

凯普莱特　什么，兄弟！没有这么久，没有这么久；那是在路森修结婚的那年，大概离现在有二十五年的模样，我们曾经跳过一次。

凯普莱特族人　不止了，不止了。大哥，他的儿子也有三十岁啦。

凯普莱特　我难道不知道吗？他的儿子两年以前还没有成年哩。

罗密欧　搀着那位骑士的手的那位小姐是谁？

仆人　我不知道，先生。

罗密欧　啊！火炬远不及她的明亮；

　　　　她皎然悬在暮天的颊上，

　　　　像黑奴耳边璀璨的珠环；

　　　　她是天上明珠降落人间！

　　　　瞧她随着女伴进退周旋，

　　　　像鸦群中一头白鸽蹁跹。

　　　　我要等舞阑后追随左右，

　　　　握一握她那纤纤的素手。

　　　　我从前的恋爱是假非真，

　　　　今晚才遇见绝世的佳人！

提伯尔特　听这个人的声音，好像是一个蒙太古家里的人。孩子，拿我的剑来。哼！这不知死活的奴才，竟敢套着一个鬼脸，到这儿来嘲笑我们的盛会吗？为了保持凯普莱特家族的光荣，我把他杀死了也不算罪过。

凯普莱特　嗳哟，怎么，侄儿！你怎么动起怒来啦？

提伯尔特　姑父，这是我们的仇家蒙太古家里的人；这贼子今天晚上到这儿来，一定不怀好意，存心来捣乱我们的盛会。

凯普莱特　他是罗密欧那小子吗？

作者借罗密欧的视角将朱丽叶的外貌呈现在世人面前。在这段人物描写中多次运用比喻的修辞手法，既写出了朱丽叶的美艳动人，又写出了罗密欧的爱慕之情。两人初次相遇，就结下了不解之缘。罗密欧至此否定了之前的恋爱，认为今晚遇到的朱丽叶才是绝色佳人。

提伯尔特　正是他，正是罗密欧这小杂种。

凯普莱特　<u>别生气，好侄儿，让他去吧。瞧他的举动倒也规规矩矩；说句老实话，在维罗纳城里，他也算得一个品行很好的青年</u>。我无论如何不愿意在我自己的家里跟他闹事。你还是耐着性子，别理他吧。我的意思就是这样，你要是听我的话，赶快收起怒容，和和气气的，不要打断大家的兴致。

提伯尔特　这样一个贼子也来做我们的宾客，我怎么不生气？我不能容他在这儿放肆。

凯普莱特　<u>不容也得容</u>。哼，目无尊长的孩子！我偏要容他。嘿！谁是这里的主人？是你还是我？嘿！你容不得他！什么话！你要当着这些客人的面吵闹吗？你不服气！你要充好汉！

提伯尔特　姑父，咱们不能忍受这样的耻辱。

凯普莱特　得啦，得啦，你真是一点儿规矩都不懂。——是真的吗？您也许不喜欢这个调调儿。——我知道你一定要跟我闹别扭！——说得很好，我的好人儿！——你是个放肆的孩子；去，别闹！不然的话——把灯再点亮些！把灯再点亮些！——不害臊的！我要叫你闭嘴。——啊！痛痛快快地玩一下，我的好人儿们！

提伯尔特　我这满腔怒火偏给他浇下一盆冷水，好教我气得浑身哆嗦。我且退下去，可是今天由他闯进了咱们的屋子，看他不会有一天得意反成后悔。（下）

罗密欧　（向朱丽叶）

　　要是我这俗手上的尘污，

　　亵渎了你的神圣的庙宇，

　　这两片嘴唇，含羞的信徒，

　　愿意用一吻乞求你宥恕。

朱丽叶　信徒，莫把你的手儿侮辱，

罗密欧的形象通过老凯普莱特的视角展示出来，在老凯普莱特眼中，罗密欧是维罗纳城里少有的品行好的青年。虽然他认同罗密欧的品行却也无法同意他与朱丽叶的爱情，这与后文形成鲜明对比。

此处老凯普莱特与其侄儿提伯尔特对待罗密欧的态度相左。从侧面写出提伯尔特目无尊长的性格，为后文罗密欧与提伯尔特的结怨做了铺垫，也有助于人物塑造，可谓一举两得。

罗密欧和朱丽叶一见倾心。

　　　　　　这样才是最虔诚的礼敬；

　　　　　　神明的手本许信徒接触，

　　　　　　掌心的密合远胜如亲吻。

罗密欧　生下了嘴唇有什么用处？

朱丽叶　信徒的嘴唇要祷告神明。

罗密欧　那么我要祷求你的允许，让手的工作交给了嘴唇。

朱丽叶　你的祷告已蒙神明允准。

罗密欧　神明，请容我把殊恩受领。（吻朱丽叶）

　　　　　　这一吻涤清了我的罪孽。

朱丽叶　你的罪却沾上我的唇间。

罗密欧　啊，我的唇间有罪？感谢你精心的指摘！让我收回吧。

朱丽叶　你可以亲一下《圣经》。

乳媪　小姐，你妈要跟你说话。

罗密欧　谁是她的母亲？

乳媪　小官人，她的母亲就是这府上的太太，她是个好太太，又聪明，又贤德；我替她抚养她的女儿，就是刚才跟您说话的那个；告诉您吧，谁要是娶了她去，才发财咧。

罗密欧　她是凯普莱特家里的人吗？嗳哟！我的生死现在操在我的仇人的手里了！

班伏里奥　去吧，跳舞快要完啦。

罗密欧　是的，我只怕盛筵易散，良会难逢。

凯普莱特　不，列位，请慢点儿去，我们还要请你们稍微用一点儿茶点。真要走吗？那么谢谢你们，各位朋友，谢谢，谢谢，再会！再会！再拿几个火把来！来，我们去睡吧。啊，好小子！天真是不早了，我要去休息一会儿。（除朱丽叶及乳媪外俱下）

朱丽叶　过来，奶妈。那边的那位绅士是谁？

罗密欧意识到自己爱上了朱丽叶，就无法摆脱两个仇恨的家族，他的命运注定多舛。

乳媪　提伯里奥那老头儿的儿子。

朱丽叶　现在跑出去的那个人是谁？

乳媪　呃，我想他就是那个年轻的彼特鲁乔。

朱丽叶　那个跟在人家后面不跳舞的人是谁？

乳媪　我不认识。

朱丽叶　去问他叫什么名字。——要是他已经结婚，那么坟墓便是我的婚床。

乳媪　他的名字叫罗密欧，是蒙太古家里的人，咱们仇家的独子。

朱丽叶　恨灰中燃起了爱火融融，要是不该相识，何必相逢！昨天的仇敌，今日的情人，这场恋爱怕要种下祸根。

乳媪　你在说什么？你在说什么？

朱丽叶　那是刚才一个陪我跳舞的人教给我的几句诗。

（内呼，"朱丽叶！"）

乳媪　就来，就来！来，咱们去吧，客人们都已经散了。

（同下）

朱丽叶也深深爱上罗密欧，而且会一生相随。她也明白这场爱恋无法跳出两家的仇恨，也无法预见美好的结果。

▍情境赏析▍

故事发生在维罗纳城。该城的两家贵族蒙太古和凯普莱特结下了世代宿仇。几代人甚至连仆人都只要一碰面就剑拔弩张，大动干戈，搅得小城经常发生械斗。人们痛恨他们像痛恨仇敌一样。

蒙太古的儿子罗密欧是位漂亮、潇洒的年轻贵族，正在为无端的恋爱烦恼着。一次偶然的机会，他参加了凯普莱特家的化装舞会，在舞会上被凯普莱特女儿朱丽叶的美貌深深吸引。两人一见钟情，巨大的激情在一对年轻人的心里萌动。在感情的驱使下，两人急切地想知道对方的身份，当了解到两家本是世仇时，一对恋人陷入极端的痛苦和矛盾之中。朱丽叶慨叹道："恨灰中燃起了爱火融融，要是不该相识，何必相逢！昨天的仇敌，今日的情人，这场恋爱怕要种下祸根。”

一对情人相爱之后，方知两家原是仇敌，这岂非是命运故意提弄？莎士比亚先写这对情人之相爱而后写这对情人之相识，用意甚为深刻。

名家点评

在《罗密欧与朱丽叶》里，外在的偶然事故粉碎了精明能干的神父的干预，就导致了两位有情人的死亡。

——（德）黑格尔

开 场 诗

【致辞者上。

旧日的温情已尽付东流，

新生的爱恋正如日初上；

为了朱丽叶的绝世温柔，

忘却了曾为谁魂思梦想。

罗密欧爱着她媚人容貌，

把一片痴心呈献给仇雠；

朱丽叶恋着他风流才情，

甘愿被香饵钓上了金钩。

只恨解不开的世仇宿怨，

这段山海深情向谁申诉？

幽闺中锁住了桃花人面，

要相见除非是梦魂来去。

可是热情总会战胜辛艰，

苦味中间才有无限甘甜。（下）

一场舞会，拉开了爱情的序幕；一次邂逅，打开了年轻的心扉，一次告白，缔结了生死不离的一世情缘。

宴会邂逅，让两个年轻人激动不已，罗密欧爱着朱丽叶的绝世温柔，愿把一片痴心献予伊人；朱丽叶恋着罗密欧的风流才情，甘愿与斯人相守一生。而两个铭刻着仇恨的家族姓氏，又让两个人辗转千回，无法逃避。可是，谁又能阻止这荡气回肠的凄美爱恋？

皎洁月光映衬的后花园里，一对彼此惦念的年轻人正互诉着衷肠。他们面对无法解开的世仇宿怨与充满无限甘甜的爱情将何去何从？两个无畏的年轻人是否会守卫着自己的爱情堡垒？

第一场　维罗纳。凯普莱特花园墙外的小巷

【罗密欧上。

罗密欧　我的心还逗留在这里，我能够就这样掉头前去吗？转回去，你这无精打采的身子，去找寻你的灵魂吧。（攀登墙上，跳入墙内）

【班伏里奥及茂丘西奥上。

班伏里奥　罗密欧！罗密欧兄弟！

茂丘西奥　他是个乖巧的家伙，我说他一定溜回家去睡了。

班伏里奥　他往这条路上跑，一定跳进这花园的墙里去了。好茂丘西奥，你叫叫他吧。

茂丘西奥　不，我还要念咒喊他出来呢。罗密欧！痴人！疯子！恋人！情郎！快快化作一声叹息出来吧！我不要你多说什么，只要你念一行诗，叹一口气，把咱们那位维纳斯奶

欲走又回，只因心中拥有那割不断的牵挂，放不下的爱恋。足见罗密欧已经深深地爱上了朱丽叶。

奶恭维两句，替她的瞎眼儿子丘比特少爷取个绰号，这位小爱神真是个神弓手，竟让国王爱上了叫花子的女儿！他没有听见，他没有作声，他没有动静。这猴崽子难道死了吗？待我咒他的鬼魂出来。<u>凭着罗瑟琳的光明的眼睛，凭着她的高额角，她的红嘴唇，她的玲珑的脚，挺直的小腿，弹性的大腿和大腿附近的那一部分，凭着这一切的名义，赶快给我现出真形来吧！</u>

班伏里奥　他要是听见了，一定会生气的。

茂丘西奥　这不至于叫他生气。他要是生气，除非是气得他在他情人的圈儿里唤起一个异样的妖精，由它在那儿昂然直立，直等她降伏了它，并使它低下头来。那样做的话，才是怀着恶意呢；我的咒语却很正当，我无非凭着他情人的名字唤他出来罢了。

班伏里奥　来，他已经躲到树丛里，跟那多露水的黑夜做伴去了；爱情本来是盲目的，让他在黑暗里摸索去吧。

茂丘西奥　爱情如果是盲目的，就射不中靶。此刻他该坐在枇杷树下了，希望他的情人就是他口中的枇杷。——啊，罗密欧，但愿，但愿她真的成了你到口的枇杷！罗密欧，晚安！我要上床睡觉去；这草地上太冷啦，我可受不了。来，咱们走吧。

班伏里奥　好，走吧！他要避着我们，找他也是白费辛勤。（同下）

第二场　同前。凯普莱特家的花园

【罗密欧上。

罗密欧　没有受过伤的才会讥笑别人身上的创痕。（朱丽叶自上方窗户中出现）轻声！那边窗子里亮起来的是什么光？那

朋友对旧情人的爱意咒骂都无法让罗密欧出现。再一次证明罗密欧已经忘却曾经的爱人，一心迷恋着朱丽叶。

就是东方，朱丽叶就是太阳！起来吧，美丽的太阳！赶走那妒忌的月亮，她因为她的女弟子比她美得多，已经气得面色惨白了。既然她这样妒忌着你，你不要忠于她吧；脱下她给你的这一身惨绿色的贞女的道服，它是只配给愚人穿的。那是我的意中人。啊！那是我的爱！唉，但愿她知道我在爱着她！她欲言又止，可是她的眼睛已经道出了她的心事。待我去回答她吧。不，我不要太鲁莽，她不是对我说话。天上两颗最灿烂的星，因为有事离去，请求她的眼睛替代它们在空中闪耀。要是她的眼睛变成了天上的星，天上的星变成了她的眼睛，那便怎样呢？她脸上的光辉会掩盖了星星的明亮，正像灯光在朝阳下黯然失色一样；在天上的她的眼睛，会在太空中大放光明，使鸟儿误认为黑夜已经过去而唱出它们的歌声。瞧！她用纤手托住了脸，那姿态是多么美妙！啊，但愿我是那一只手上的手套，好让我亲一亲她脸上的香泽！

　　朱丽叶　唉！

　　罗密欧　她说话了。啊！再说下去吧，光明的天使！因为我在这夜色之中仰视着你，就像一个尘世的凡人，张大了出神的眼睛，瞻望着一个生着翅膀的天使，驾着白云缓缓地驰过了天空一样。

　　朱丽叶　罗密欧啊，罗密欧！为什么你偏偏是罗密欧呢？否认你的父亲，抛弃你的姓名吧；也许你不愿意这样做，那么只要你宣誓做我的爱人，我也不愿再姓凯普莱特了。

　　罗密欧　（旁白）我是继续听下去呢，还是现在就对她说话？

　　朱丽叶　只有你的名字才是我的仇敌；你即使不姓蒙太古，仍然是这样的一个你。姓不姓蒙太古又有什么关系呢？它又不是手，又不是脚，又不是手臂，又不是脸，又不是身体上任何其他的部分。啊！换一个姓名吧！姓名本来是没有意义的。我们叫作玫瑰的这一种花，要是换了个名字，它的香味还是同样的芬芳；罗密欧要是换了别的名字，他的可爱的完美也决不会有丝毫改变。罗密欧，抛弃你的名字吧，我愿意把我整个的心灵，赔偿你这一个身外的空名。

罗密欧　那么我就听你的话，你只要叫我爱，我就重新受洗，重新命名，从今以后，永远不再叫罗密欧了。

朱丽叶　你是什么人，在黑夜里躲躲闪闪地偷听人家的话？

罗密欧　我没法告诉你我叫什么名字。敬爱的神明，我痛恨我自己的名字，因为它是你的仇敌；要是把它写在纸上，我一定把这几个字撕得粉碎。

朱丽叶　我的耳朵里还没有灌进从你嘴里吐出来的一百个字，可是我认识你的声音，你不是罗密欧，蒙太古家里的人吗？

罗密欧　不是，美人，要是你不喜欢这个名字。

朱丽叶　告诉我，你怎么会到这儿来，为什么到这儿来？花园的墙这么高，是不容易爬上来的；要是我家里的人瞧见你在这儿，他们一定不让你活命。

罗密欧　我借着爱的轻翼飞过园墙，因为砖石的墙垣是不能把爱情阻隔的；爱情的力量能够做到的事，它都会冒险尝试，所以我不怕你家里人的干涉。

朱丽叶　要是他们瞧见了你，一定会把你杀死的。

罗密欧　唉！你的眼睛比他们二十柄刀剑还厉害；只要你用温柔的眼光看着我，他们就不能伤害我的身体。

朱丽叶　我怎么也不愿让他们瞧见你在这儿。

罗密欧　朦胧的夜色可以替我遮过他们的眼睛。只要你爱我，就让他们瞧见我吧；与其因为得不到你的爱情而在这

两个人的互诉衷肠充满了浪漫主义色彩。他们愿意为了爱情放弃自己的身份与地位，这彰显了人类最纯真的感情。罗密欧在此给了朱丽叶肯定的答复。

世上挨命，还不如在仇人的刀剑下丧生。

朱丽叶　谁叫你找到这儿来的？

罗密欧　爱情怂恿我探听出这一个地方；他替我出主意，我借给他眼睛。我不会操舟驾舵，可是倘使你在辽远辽远的海滨，我也会冒着风波寻访你这颗珍宝。

朱丽叶　幸亏黑夜替我罩上了一重面幕，否则为了我刚才被你听去的话，你一定可以看见我脸上羞愧的红晕。我真想遵守礼法，否认已经说过的言语，可是这些虚文俗礼，现在只好一切置之不顾了！你爱我吗？我知道你一定会说"是的"；我也一定会相信你的话；可是也许你起的誓只是一个谎，人家说，对于恋人们的寒盟背信，天神是一笑置之的。温柔的罗密欧啊！你要是真的爱我，就请你诚意告诉我；你要是嫌我太容易降心相从，我也会堆起怒容，装出倔强的神气，拒绝你的好意，好让你向我婉转求情，否则我是无论如何不会拒绝你的。俊秀的蒙太古啊，我真的太痴心了，所以也许你会觉得我的举动有点轻浮；可是相信我，朋友，总有一天你会知道我的忠心远胜过那些善于矜持作态的人。我必须承认，倘不是你乘我不备的时候偷听去了我的真情的表白，我一定会更加矜持一点儿的；所以原谅我吧，是黑夜泄露了我心底的秘密，不要把我的允诺看作无耻的轻狂。

罗密欧　姑娘，凭着这一轮皎洁的月亮，它的银光涂染着这些果树的梢端，我发誓——

朱丽叶　啊！不要指着月亮起誓，它是变化无常的，每个月都有盈亏圆缺；你要是指着它起誓，也许你的爱情也会像它一样无常。

罗密欧　那么我指着什么起誓呢？

朱丽叶　不用起誓吧；或者要是你愿意的话，就凭着你优美的自身起誓，那是我所崇拜的偶像，我一定会相信你的。

朱丽叶的自言自语被心爱的人偷听去，仿佛有人洞穿她心底的秘密，让她觉得羞愧，同时，又担心爱人会因此而觉得她张狂无耻。这段描写写出了一个少女的内心世界。

朱丽叶希望得到罗密欧爱的誓言，却又一次阻止了他。这充分表现了一个少女内心的渴望与不安。她渴望得到他的爱，却又为这突然而来的爱感到不安，一种矛盾的心理反复地折磨着她。

罗密欧　要是我的出自深心的爱情——

朱丽叶　好，别起誓啦。我虽然喜欢你，却不喜欢今天晚上的密约；它太仓促、太轻率、太出人意外了，正像一闪电光，等不及人家开一声口，已经消隐了下去。好人，再会吧！这一朵爱的蓓蕾，靠着夏天的暖风的吹拂，也许会在我们下次相见的时候，开出鲜艳的花来。晚安，晚安！但愿恬静的安息同样降临到你我两人的心头！

罗密欧　啊！你就这样离我而去，不给我一点儿满足吗？

朱丽叶　你今夜还要什么满足呢？

罗密欧　你还没有把你的爱情的忠实的盟誓跟我交换。

朱丽叶　在你没有要求以前，我已经把我的爱给了你了；可是我倒愿意重新给你。

罗密欧　你要把它收回去吗？为什么呢，爱人？

朱丽叶　为了表示我的慷慨，我要把它重新给你。可是我只愿意要我已有的东西：我的慷慨像海一样浩渺，我的爱情也像海一样深沉；我给你的越多，我自己也越是富有，因为这两者都是没有穷尽的。（乳媪在内呼唤）我听见里面有人在叫，亲爱的，再会吧！——就来了，好奶妈！——亲爱的蒙太古，愿你不要负心。再等一会儿，我就会来的。（自上方下）

罗密欧　幸福的，幸福的夜啊！我怕我只是在晚上做了一个梦，这样美满的事不会是真实的。

【朱丽叶自上方重上。

朱丽叶　亲爱的罗密欧，再说三句话，我们真的要再会了。要是你的爱情的确是光明正大，你的目的是婚姻，那么明天我会叫一个人到你的地方，请你叫他带一个信给我，告诉我你愿意在什么地方、什么时候举行婚礼；我就会把我的整个命运交托给你，把你当作我的主人，跟随你到天涯海角。

朱丽叶与罗密欧正在互相交换誓言，奶妈的叫声却打断了他们。此时，朱丽叶既想与情人说话，又要应付奶妈。奶妈第三次呼唤，她才不舍地离开了罗密欧。

乳媪　（在内）小姐！

朱丽叶　就来。——可是你要是没有诚意，那么我请求你——

乳媪　（在内）小姐！

朱丽叶　等一等，我来了。——停止你的求爱，让我一个人独自伤心吧。明天我就叫人去看你。

罗密欧　凭着我的灵魂——

朱丽叶　一千次的晚安！（自上方下）

罗密欧　晚上没有你的光，我只有一千次的心伤！恋爱的人去赴他情人的约会，像一个放学归来的儿童；可是当他和情人分别的时候，却像上学去一般满脸懊丧。（退后）

【朱丽叶自上方重上。

朱丽叶两次去而复返，并喊回已经告别的罗密欧。

朱丽叶　嘘！罗密欧！嘘！唉！我希望我会发出呼鹰的声音，招这只鹰回来。我不能高声说话，否则我要让我的喊声传进厄科的洞穴，让她的无形的喉咙因为反复叫喊着我的罗密欧的名字而变得嘶哑。

罗密欧　那是我的灵魂在叫喊着我的名字。恋人的声音在晚间多么清婉，听上去就像最柔和的音乐！

朱丽叶　罗密欧！

罗密欧　我的爱！

朱丽叶应付完奶妈急忙回来，她想知道罗密欧在何时能够给她光明正大的爱情。

朱丽叶　<u>明天我应该在什么时候叫人去看你？</u>

罗密欧　<u>就在九点钟吧。</u>

朱丽叶　我一定不失信。挨到那个时候，该有二十年那么长久！我记不起为什么要叫你回来了。

罗密欧　让我站在这儿，等你记起了告诉我。

朱丽叶　你这样站在我的面前，我一心想着多么爱跟你在一块儿，一定永远记不起来了。

罗密欧　那么我就永远等在这儿，让你永远记不起来，忘记除了这里以外还有什么家。

朱丽叶　天快要亮了，我希望你快去。可是我就好比一个淘气的女孩子，像放松一个囚犯似的让她心爱的鸟儿暂时跳出她的掌心，又用一根丝线把它拉了回来，爱的私心使她不愿意给它自由。

看到天将黎明，催促他快走的时候，内心非常矛盾。

罗密欧　我但愿我是你的鸟儿。

朱丽叶　好人，我也但愿这样，可是我怕你会死在我的过分的爱抚里。晚安！晚安！离别是这样甜蜜的凄清，我真要向你道晚安直到天明！（下）

罗密欧　但愿睡眠合上你的眼睛！

　　　　但愿平静安息我的心灵！

　　　　我如今要去向神父求教，

　　　　把今宵的艳遇诉他知晓。（下）

第三场　同前。劳伦斯神父的寺院

【劳伦斯神父携篮上。

劳伦斯　黎明笑向着含愠的残宵，

金鳞浮上了东方的天梢；

看赤轮驱走了片片乌云，

像一群醉汉向四处狼奔。

趁太阳还没有睁开火眼，

晒干深夜里的涔涔露点，

我待要采摘下满篮盈筐，

毒草灵葩充实我的青囊。

大地是生化万类的慈母，

她又是掩藏群生的坟墓，

试看她无所不载的胸怀，

哺乳着多少的姹女婴孩！

劳伦斯神父，一个看似配角却又贯穿始终的角色。他见证了罗密欧与朱丽叶的爱情，推动了戏剧高潮的到来。

天生下的万物没有弃掷，

什么都有它各自的特色，

石块的冥顽，草木的无知，

都含着玄妙的造化生机。

莫看那蠢蠢的恶木莠蔓，

对世间都有它特殊贡献；

即使最纯良的美谷嘉禾，

用得失当也会害性戕躯。

美德的误用会变成罪过，

罪恶有时反会造成善果。

这一朵有毒的弱蕊纤苞，

也会把淹煎的痼疾医疗；

它的香味可以祛除百病，

吃下腹中却会昏迷不醒。

草木和人心并没有不同，

各自有善意和恶念争雄；

恶的势力倘然占了上风，

死便会蛀蚀进它的心中。

【罗密欧上。

罗密欧　早安，神父。

劳伦斯　上帝祝福你！是谁的温柔的声音这么早就在叫我？孩子，你一早起身，一定有什么心事。老年人因为多忧多虑，往往容易失眠，可是身心壮健的青年，一上了床就应该酣然入睡。所以你的早起，倘不是因为有什么烦恼，一定是昨夜没有睡过觉。

罗密欧　你的第二个猜测是对的，我昨夜享受到比睡眠更甜蜜的安息。

劳伦斯　上帝饶恕我们的罪恶！你是跟罗瑟琳在一起吗？

罗密欧　跟罗瑟琳在一起，我的神父？不，我已经忘记了那个名字，和那个名字所带来的烦恼。

劳伦斯　那才是我的好孩子。可是你究竟到什么地方去了？

罗密欧　我愿意在你问我第二遍以前告诉你。昨天晚上我跟我的仇敌在一起宴会，突然有一个人伤害了我，同时她也被我伤害了；只有你的帮助和你的圣药，才能医治我们两人的重伤。神父，我并不怨恨我的敌人，因为，我来向你请求的事，不单为了我自己，也同样为了她。

劳伦斯　好孩子，说明白一点儿，把你的意思老老实实告诉我，别打哑谜了。

罗密欧　那么老实告诉你吧，我心底的一往深情，已经完全倾注在凯普莱特的美丽的女儿身上了，她也同样爱着我。一切都完全定当了，只要你肯替我们主持神圣的婚礼。我们在什么时候遇见，在什么地方求爱，怎样彼此交换盟誓，这一切我都可以慢慢告诉你。可是无论如何，请你一定答应就在今天替我们成婚。

劳伦斯　圣芳济啊！多么快的变化！难道你所深爱着的罗瑟琳，就这样一下子被你抛弃了吗？这样看来，年轻人的爱情，都是见异思迁，不是发自真心的。耶稣，玛利亚！你因为罗瑟琳的缘故，曾经用多少眼泪洗过你消瘦的面庞！为了替无味的爱情添加一点儿辛酸的味道，曾经浪费掉多少咸水！太阳还没有扫清你吐向苍穹的怨气，我这龙钟的耳朵里还留着你往日的呻吟。瞧！就在你自己的颊上，还剩着一丝不曾揩去的旧时的泪痕。要是你不曾变了一个人，这些悲哀都是你真实的情感，那么你是罗瑟琳的，这些悲哀也是为罗瑟琳而发的，难道你现在已经变心了吗？男人既然这样没有恒心，那就莫怪女人家朝三暮四了。

罗密欧　你常常因为我爱罗瑟琳而责备我。

此处，劳伦斯对罗密欧的见异思迁表示不认同。同时，他对恋爱保持着理性的态度，不希望罗密欧因爱而发疯发狂。这似乎是一种慈父式的教诲与关爱。

劳伦斯　我的学生，我不是说你不该恋爱，我只叫你不要因为恋爱而发痴。

罗密欧　你又叫我把爱情埋葬在坟墓里。

劳伦斯　我没有叫你把旧的爱情埋葬了，再去另找新欢。

罗密欧　请你不要责备我，我现在所爱的她，跟我心心相印，不像前回那样。

劳伦斯　啊，罗瑟琳知道你对她的爱情完全抄着人云亦云的老调，你还没有读过恋爱入门的一课哩。<u>可是来吧，朝三暮四的青年，跟我来；为了一个理由，我愿意助你一臂之力：因为你们的结合也许会使你们两家释嫌修好，那就是天大的幸事了。</u>

罗密欧　啊！我们就去吧，我巴不得越快越好。

劳伦斯　凡事三思而行，跑得太快是会滑倒的。(同下)

第四场　同前。街道

【班伏里奥及茂丘西奥上。

茂丘西奥　见鬼的，这罗密欧究竟到哪儿去了？他昨天晚上没有回家吗？

班伏里奥　没有，我问过他的仆人了。

茂丘西奥　嗳哟！那个白面孔狠心肠的女人，那个罗瑟琳，一定把他虐待得要发疯了。

班伏里奥　提伯尔特，凯普莱特那老头子的亲戚，有一封信送到他父亲那里。

茂丘西奥　一定是一封挑战书。

班伏里奥　罗密欧一定会给他一个答复。

茂丘西奥　只要会写几个字，谁都会写一封复信。

班伏里奥　不，我说他一定会接受他的挑战。

茂丘西奥　唉！可怜的罗密欧！他已经死了，一个白女

劳伦斯神父虽然不看好罗密欧的恋爱方式，却希望借助罗密欧与朱丽叶的婚姻消除他们两家的仇恨。

提伯尔特写信向蒙太古家挑衅。

人的黑眼睛戳破了他的心；一支恋歌穿过了他的耳朵；瞎眼的丘比特的箭已把他当胸射中；他现在还能够抵得住提伯尔特吗？

班伏里奥　提伯尔特是个什么人？

茂丘西奥　我可以告诉你，他不是个平常的阿猫阿狗。啊！他是个胆大心细、剑法高明的人。他跟人打起架来，就像照着乐谱唱歌一样，一板一眼都不放松，一秒钟的停顿，然后一、二、三，刺进人家的胸膛；他全然是个穿礼服的屠夫，一个决斗的专家，一个名门贵胄，一个击剑能手。啊！那了不得的侧击！那反击！那直中要害的一剑！

班伏里奥　那什么？

茂丘西奥　那些怪模怪样、扭扭捏捏的装腔作势，说起话来怪声怪气的荒唐鬼的对头。他们只会说，"耶稣哪，好一柄锋利的刀子！"——好一个高大的汉子，好一个风流的婊子！嘿，我的老爷子，咱们中间有这么一群不知从哪儿飞来的苍蝇，这一群满嘴法国话的时髦人，他们因为趋新好异，坐在一张旧凳子上也会不舒服，这不是一件可以痛哭流涕的事吗？

【罗密欧上。

班伏里奥　罗密欧来了，罗密欧来了。

茂丘西奥　瞧他孤零零的神气，倒像一条风干的咸鱼。啊，你这块肉呀，你是怎样变成了鱼的！现在他又要念起彼特拉克的诗句来了：罗拉比起他的情人来不过是个灶下的丫头，虽然她有一个会作诗的爱人；狄多是个蓬头垢面的村妇；克莉奥佩特拉是个吉卜赛姑娘；海伦、希罗都是下流的娼妓；提斯柏也许有一双美丽的灰色眼睛，可是也不配相提并论。罗密欧先生，给你个法国式的敬礼！昨天晚上你给我们开了多大的一个玩笑哪。

从茂丘西奥口中，我们知道提伯尔特是个胆大心细、剑法高明的人，他具有极大的危险性。茂丘西奥虽然赞叹他的剑法，却也看不起他，这为后文做了铺垫。

相提并论：把不同的或相差悬殊的人或事物混在一起来谈论或看待（多用于否定式）。

罗密欧　两位大哥早安！昨晚我开了什么玩笑？

茂丘西奥　你昨天晚上逃走得好！装什么假？

罗密欧　对不起，茂丘西奥，我当时有一件很重要的事情，在那情况下我只好失礼了。

茂丘西奥　这就是说，在那情况下，你不得不屈一屈膝了。

罗密欧　你的意思是说，赔个礼。

茂丘西奥　你回答得正对。

罗密欧　正是十分有礼的说法。

茂丘西奥　何止如此，我是讲礼讲到头了。

罗密欧　像是花儿鞋子的尖头。

茂丘西奥　说得对。

罗密欧　那么我的鞋子已经全是花花的洞了。

茂丘西奥　讲得妙。跟着我把这个笑话追到底吧，直追得你的鞋子都破了，只剩下了鞋底，而那笑话也就变得又秃又呆了。

罗密欧　啊，好一个又呆又秃的笑话，真配傻子来说。

茂丘西奥　快来帮忙，好班伏里奥，我的脑袋不行了。

罗密欧　要来就快马加鞭，不然我就宣告胜利了。

茂丘西奥　不，如果比聪明像赛马，我承认我输了；我的马儿哪有你的野？说到野，我的五官加在一起也比不上你的任何一官。可是你野的时候，我几时跟你在一起过？

罗密欧　哪一次撒野没有你这呆头鹅？

茂丘西奥　你这话真有意思，我巴不得咬你一口才好。

罗密欧　啊，好鹅儿，莫咬我。

茂丘西奥　你的笑话又甜又辣，简直是辣酱油。

罗密欧　美鹅加辣酱，岂不绝妙？

茂丘西奥　啊，妙语横生，越拉越横！

罗密欧　横得好，你这呆头鹅变成一只横胖鹅了。

兄弟三人恢复了往日的笑语，这源于罗密欧正沉浸在美好的感情中。这种场景全剧仅此一处。

茂丘西奥　呀，我们这样打着趣岂不比呻吟求爱好得多吗？此刻你多么和气，此刻你才真是罗密欧了；不论是先天还是后天，此刻是你的真面目了；为了爱，急得涕零满脸，就像一个天生的傻子，奔上奔下，找洞儿藏他的棍儿。

班伏里奥　打住吧，打住吧。

茂丘西奥　你不让我的话讲完，留着尾巴好不顺眼。

班伏里奥　不打住你，你的尾巴还要长大呢。

茂丘西奥　啊，你错了，我的尾巴本来就要缩小了，我的话已经讲到了底，不想老占着位置啦。

罗密欧　看哪，好把戏来啦！

【乳媪及彼得上。

茂丘西奥　一条帆船，一条帆船！

班伏里奥　两条，两条！一公一母。

乳媪　彼得！

彼得　有！

乳媪　彼得，我的扇子。

茂丘西奥　好彼得，替她把脸遮了；因为她的扇子比她的脸好看一点儿。

乳媪　早安，列位先生。

茂丘西奥　晚安，好太太。

乳媪　是道晚安的时候了吗？

茂丘西奥　我告诉你，不会错，那日晷上的指针正顶着中午呢。

乳媪　你说什么！你是什么人！

罗密欧　好太太，上帝造了他，他可不知好歹。

乳媪　说得好！你说他不知好歹哪？列位先生，你们有谁能够告诉我年轻的罗密欧在什么地方？

茂丘西奥还不知罗密欧已经爱上了朱丽叶。

此处，奶妈以"报信使者"的身份出现，让人不得不想起《西厢记》里的"红娘"，二人有异曲同工之妙，都是促成爱情的重要角色。

罗密欧　我可以告诉你，可是等你找到他的时候，年轻的罗密欧已经比你寻访他的时候老了点儿了。我因为取不到一个好一点儿的名字，所以就叫作罗密欧。在取这个名字的人们中间，我是最年轻的一个。

乳媪　您说得真好。

茂丘西奥　呀，这样一个最坏的家伙你也说好？想得周到，有道理，有道理。

乳媪　先生，要是您就是他，我要跟您单独讲句话儿。

班伏里奥　她要拉他吃晚饭去。

茂丘西奥　一个老虔婆，一个老虔婆！有了！有了！

罗密欧　有了什么？

茂丘西奥　不是什么野兔子，要说是兔子的话，也不过是斋节里做的兔肉饼，没有吃完就发了霉。（唱）

老兔肉，发白霉，

老兔肉，发白霉，

原是斋节好点心：

可是霉了的兔肉饼，

二十个人也吃不尽，

吃不完的霉肉饼。

罗密欧，你到不到你父亲那儿去？我们要在那边吃饭。

罗密欧　我就来。

茂丘西奥　再见，老太太；（唱）再见，我的好姑娘！（茂丘西奥、班伏里奥下）

乳媪　好，再见！先生，这个满嘴胡说八道的放肆家伙是谁？

罗密欧　奶妈，这位先生最喜欢听他自己讲话；他在一分钟里所说的话，比他在一个月里听人家讲的话还多。

乳媪　要是他对我说了一句不客气的话，尽管他力气再

奶妈被茂丘西奥开了一顿玩笑，这是悲剧中的滑稽穿插，具有调剂作用。

大一点儿，我也要给他一顿教训；这种家伙二十个我都对付得了，要是对付不了，我会叫那些对付得了他们的人来。混账东西！他把老娘看作什么人啦？我不是那些烂污婊子，由他随便取笑。（向彼得）你也不是个好东西，看着人家把我欺侮，站在旁边一动也不动！

彼得　我没有看见什么人欺侮你；要是我看见了，一定会立刻拔出刀子来的。碰到吵架的事，只要理直气壮，打起官司来不怕人家，我是从来不肯落在人家后头的。

乳媪　嗳哟！真把我气得浑身发抖。混账的东西！对不起，先生，让我跟您说句话儿。我刚才说过的，我家小姐叫我来找您；她叫我说些什么话我可不能告诉您；可是我要先明白对您说一句，要是正像人家说的，您想骗她做一场春梦，那可真是人家说的一件顶坏的行为；因为这位姑娘年纪还小，所以您要是欺骗了她，实在是一桩对无论哪一位好人家的姑娘都是对不起的事情，而且也是一桩顶不应该的举动。

罗密欧　奶妈，请你替我向你家小姐致意。我可以对你发誓——

乳媪　很好，我就这样告诉她。主啊！主啊！她听见了一定会非常喜欢的。

罗密欧　奶妈，你去告诉她什么话呢？你没有听我说呀。

乳媪　我就对她说您发过誓了，证明您是一位正人君子。

罗密欧　你请她今天下午想个法子出来到劳伦斯神父的寺院里忏悔，就在那个地方举行婚礼。这几个钱是给你的酬劳。

乳媪　不，真的，先生，我一个钱也不要。

罗密欧　别客气了，你还是拿着吧。

乳媪　今天下午吗，先生？好，她一定会去的。

奶妈对朱丽叶有母亲般的慈爱，她希望朱丽叶幸福，同时告诫罗密欧不要欺骗朱丽叶的纯真感情。

罗密欧看到了幸福的降临，却无法预料灾难的到来。

罗密欧　好奶妈，请你在这寺墙后面等一等，就在这一点钟之内，我要叫我的仆人去拿一捆扎得像船上的软梯一样的绳子来给你带去；在秘密的夜里，我要凭着它攀登我的幸福的尖端。再会！愿你对我们忠心，我一定不会有负你的辛劳。再会！替我向你的小姐致意。

乳媪　天上的上帝保佑您！先生，我对您说。

罗密欧　你有什么话说，我的好奶妈？

乳媪　您那仆人靠得住吗？您没听见古话说，两个人知道是秘密，三个人知道就不是秘密吗？

罗密欧　你放心吧，我的仆人是最可靠不过的。

乳媪　好先生，我那小姐是个最可爱的姑娘——主啊！主啊！——那时候她还是个咿咿呀呀刚会说话的小东西——啊！本地有一位叫作帕里斯的贵人，他巴不得把我家小姐抢到手里；可是她，好人儿，瞧他比瞧一只蛤蟆还讨厌。我有时候对她说帕里斯人品不错，你才不知道哩，她一听见这样的话，就会气得面如土色。请问<u>罗丝玛丽花</u>和罗密欧是不是同样一个字开头的呀？

即"迷迭香"(Rosemary)，是婚礼常用的花。

罗密欧　是呀，奶妈。怎么样？都是罗字起头的哪。

乳媪　啊，你开玩笑哩！那是狗的名字啊。阿罗就是那个——不对，我知道一定是另一个字开头的——她还把你同罗丝玛丽花连在一起，我也不懂，反正你听了一定喜欢的。

罗密欧　替我向你小姐致意。

乳媪　一定一定。（罗密欧下）彼得！

彼得　有！

乳媪　给我带路，拿着我的扇子，快些走。（同下）

第五场　同前。凯普莱特家的花园

【朱丽叶上。

朱丽叶　我在九点钟差奶妈去，她答应在半小时以内回来。也许她碰不见他；那是不会的。啊！她的脚走起路来不大方便。恋爱的使者应当是思想，因为它比驱散山坡上的阴影的太阳光还要快十倍；所以维纳斯的云车是用白鸽驾驶的，所以凌风而飞的丘比特生着翅膀。现在太阳已经升上中天，从九点钟到十二点钟是三个很长的钟点，可是她还没有回来。要是她是个有感情、有温暖的青春的血液的人，她的行动一定会像球儿一样敏捷，我用一句话就可以把她抛到我的心爱的情人那里，他也可以用一句话把她抛回到我这里；可是年纪老的人，大多像死人一般，手脚滞钝，呼唤不灵，慢腾腾地没有一点儿精神。

　　朱丽叶焦急地盼着奶妈回家。因为奶妈可以为她带回爱的信息。

【乳媪及彼得上。

朱丽叶　啊，上帝！她来了。啊，好心肝奶妈！什么消息？你碰到他了吗？叫那个人出去。

乳媪　彼得，到门口去等着。(彼得下)

朱丽叶　亲爱的好奶妈——哎呀！你怎么满脸的懊恼？即使是坏消息，你也应该装着笑容说；如果是好消息，你就不该用这副难看的面孔奏出美妙的音乐来。

乳媪　我累死了，让我歇一会儿吧。哎呀，我的骨头好痛！我赶了多少的路！

　　奶妈故意不说，而是在卖关子。

朱丽叶　我但愿把我的骨头给你，你的消息给我。求求你，快说呀；好奶妈，说呀。

乳媪　耶稣哪！你忙什么？你不能等一下子吗？你没见我气都喘不过来吗？

朱丽叶　你既然气都喘不过来，那么你怎么会告诉我说你气都喘不过来？你费了这么久的时间推三阻四的，要是干脆告诉了我，还不是几句话就完了？我只要你回答我，你的消息是好的还是坏的？只要先回答我一个字，详细的话慢慢再说好了。快让我知道了吧，是好消息还是坏消息？

乳媪　好，你是个傻孩子，选中了这么一个人。你不知道怎样选一个男人。罗密欧！不，他不行，虽然他的脸长得比人家漂亮一点儿，可是他的腿才长得有样子，讲到他的手、他的脚、他的身体，虽然这种话不大好出口，可是的确谁也比不上他。他不太懂得礼貌，可是温柔得就像一头羔羊。好，看你的运气吧，姑娘，好好敬奉上帝。怎么，你在家里吃过饭了吗？

朱丽叶　没有，没有。你这些话我都早就知道了。他对于结婚的事情怎么说？

乳媪　主啊！我的头痛死了！我害了多厉害的头痛！痛得好像要裂成二十块似的。还有我那一边的背痛，嗳哟，我的背！我的背！你的心肠真好，叫我到外边东奔西走去寻死。

朱丽叶　害你这样不舒服，我真是说不出的抱歉。亲爱的，亲爱的，亲爱的奶妈，告诉我，我的爱人说些什么话？

乳媪　你的爱人说——他说得很像个老老实实的绅士，很有礼貌，很和气，很漂亮，而且也很规矩——你的妈呢？

朱丽叶　我的妈！她就在里面，她还会在什么地方？你回答得多么古怪："你的爱人说，他说得很像个老老实实的绅士，你的妈呢？"

乳媪　哎哟，圣母娘娘！你这样性急吗？哼！反了反了，这就是你瞧着我筋骨酸痛而替我涂上的药膏吗？以后还是你自己去送信吧。

朱丽叶　别缠下去啦！快些，罗密欧怎么说？

乳媪　你已经得到准许今天去忏悔吗?

朱丽叶　我已经得到了。

乳媪　那么你快到劳伦斯神父的寺院里去,有一个丈夫在那边等着你去做他的妻子哩。现在你的脸红起来啦。你到教堂里去吧,我还要到别处去搬一张梯子来,等到天黑的时候,你的爱人就可以凭着它爬进鸟窠里。为了使你快乐我就吃苦奔跑;可是你到了晚上也要负起那个重担来啦。去吧,我还没有吃过饭呢。

奶妈终于把好消息告诉了朱丽叶,这让她欣喜不已。

朱丽叶　我要找寻我的幸运去!好奶妈,再会。(各下)

第六场　同前。劳伦斯神父的寺院

【劳伦斯神父及罗密欧上。

劳伦斯　愿上天祝福这神圣的结合,不要让日后的懊恨把我们谴责!

罗密欧　阿门,阿门!可是无论将来会发生什么悲哀的后果,都抵不过我在看见她这短短一分钟内的欢乐。不管侵蚀爱情的死亡怎样伸展它的魔手,只要你用神圣的言语,把我们的灵魂结为一体,让我能够称她一声我的人,我也就不再有什么遗恨了。

劳伦斯　这种狂暴的快乐将会产生狂暴的结局,正像火和火药的亲吻,就在最得意的一刹那烟消云散。最甜的蜜糖可以使味觉麻木;不太热烈的爱情才会维持久远;太快和太慢,结果都不会圆满。

劳伦斯神父似乎感觉到这场婚姻不会圆满。

【朱丽叶上。

劳伦斯　这位小姐来了。啊!这样轻盈的脚步,是永远不会踩破神龛前的砖石的;一个恋爱中的人,可以踏在随风飘荡的蛛网上而不会跌下,幻妄的幸福使他灵魂飘然轻举。

朱丽叶　晚安,神父。

劳伦斯　孩子，罗密欧会替我们两人感谢你的。

朱丽叶　我也向他同样问了好，他何必再来多余的客套。

罗密欧　啊，朱丽叶！要是你感觉到像我一样多的快乐，要是你的灵唇慧舌，能够宣述你衷心的快乐，那么让空气中满布着从你嘴里吐出来的芳香，用无比的妙乐把这一次会晤中我们两人给予彼此的无限欢欣倾吐出来吧。

朱丽叶　充实的思想不在于言语的富丽；只有乞儿才能够计数他的家私。真诚的爱情充溢在我的心里，我无法估计自己享有的财富。

劳伦斯　来，跟我来，我们要把这件事情早点儿办好，因为在神圣的教会把你们两人结合以前，你们两人是不能在一起的。（同下）

家私：家庭或者家族的不想为外人所知道的隐私。也指属于自己内部的隐私。

欢腾的波浪，金色的月光，玫瑰色的夜晚。在无声无息的教堂里，没有赞美诗，也没有亲人的祝福，只有几根蜡烛跳动着欢乐的火焰。在神父的默默祝福中，罗密欧与朱丽叶终于结成了夫妻，有情人终成眷属。此时，人们会赞叹爱情的美好与伟大，会看到凑合的爱情不过是干枯的木头，稍有风吹就会爆裂，而心心相印的爱情却是任何利剑也斩不断的流水。

可是，幸福和美好又总是瞬间即逝的。你守得住爱情，却无法摆脱命运的牢笼，罗密欧与朱丽叶的命运正是如此。那么，会有什么灾难横亘在两个可怜的人中间呢？

第一场　维罗纳。广场

【茂丘西奥、班伏里奥、侍童及若干仆人上。

班伏里奥　好茂丘西奥，咱们还是回去吧。天这么热，凯普莱特家里的人满街都是，要是碰到了他们，又免不了吵架；因为在这种热天气里，一个人的脾气最容易暴躁起来。

茂丘西奥　你就像这么一种家伙，跑进了酒店的门，把剑在桌子上一放，说："上帝保佑我不要用到你！"等到两杯喝罢，却无缘无故拿起剑来跟酒保吵架。

班伏里奥　我难道是这样一种人吗？

茂丘西奥　得啦得啦，你的坏脾气比得上意大利无论哪一个人；动不动就要生气，一生气就要乱动。

班伏里奥　再以后怎样呢？

茂丘西奥　哼！要是有两个像你这样的人碰在一起，结

茂丘西奥指责班伏里奥的脾气暴躁，实际上道出了自己性格的弱点。如果没有他，以后的悲剧也不会发生。

果总会一个也没有，因为大家都要把对方杀死了方肯罢休。你！嘿，你会因为人家比你多一根或是少一根胡须，就跟人家吵架。瞧见人家剥栗子，你也会跟他闹翻，你的理由只是因为你有一双栗色的眼睛。除了生着这样一双眼睛的人以外，谁还会像这样吹毛求疵地去跟人家寻事？你的脑袋里装满了惹是招非的念头，正像鸡蛋里装满了蛋黄蛋白，虽然为了惹是招非的缘故，你的脑袋曾经给人打得像个坏蛋一样。你曾经为了有人在街上咳嗽了一声而跟他吵架，因为他咳醒了你那条在太阳底下睡觉的狗。不是有一次你因为看见一个裁缝在复活节以前穿起他的新背心来，所以跟他大闹吗？不是还有一次因为他用旧带子系他的新鞋子，所以又跟他大闹吗？现在你却要教我不要跟人家吵架！

班伏里奥　要是我像你一样爱吵架，不消一时半刻，我的性命早就卖给人家了。

茂丘西奥　性命卖给人家！哼，算了吧！

班伏里奥　嗳哟！凯普莱特家里的人来了。

茂丘西奥　啊唷！我不在乎。

【提伯尔特及余人等上。

提伯尔特　你们跟着我不要走开，等我去向他们说话。两位晚安！我要跟你们中间无论哪一位说句话儿。

茂丘西奥　您只要跟我们两人中间的一个人讲一句话吗？再来点儿别的吧。要是您愿意在一句话以外，再跟我们较量一两手，那我们倒愿意奉陪。

提伯尔特　只要您给我一个理由，您就会知道我也不是个怕事的人。

茂丘西奥　您不会自己想出一个什么理由来吗？

提伯尔特　茂丘西奥，你陪着罗密欧到处乱闯——

茂丘西奥　到处拉唱！怎么！你把我们当作一群沿街卖

唱的人吗？你要是把我们当作沿街卖唱的人，那么我们倒要请你听一点儿不大好听的声音；这就是我的提琴上的拉弓，拉一拉就要叫你跳起舞来。他妈的！到处拉唱！

班伏里奥　这儿来往的人太多，讲话不大方便，最好还是找个清静一点儿的地方去谈谈；要不然大家别闹意气，有什么过不去的事平心静气理论理论；否则各走各的路，也就完了，别让这么多人的眼睛瞧着我们。

茂丘西奥　人们生着眼睛总要瞧，让他们瞧好了；我可不能为着别人高兴离开这块地方。

【罗密欧上。

提伯尔特　好，我的人来了；我不跟你吵。

茂丘西奥　他又不吃你的饭，不穿你的衣，怎么是你的人？可是他虽然不是你的跟班，要是你拔脚逃起来，他倒一定会紧紧跟住你的。

提伯尔特　罗密欧，我对你的仇恨使我只能用一个名字称呼你——你是一个恶贼！

罗密欧　提伯尔特，我跟你无怨无恨，你这样无端挑衅，我本来是不能容忍的，可是因为我有必须爱你的理由，所以也不愿跟你计较了。我不是恶贼；再见，我看你还不知道我是个什么人。

提伯尔特　小子，你冒犯了我，现在可不能用这种花言巧语掩饰过去；赶快回过身子，拔出剑来吧。

罗密欧　我可以郑重声明，我从来没有冒犯过你，而且你想不到我是怎样爱你，除非你知道了我之所以爱你的理由。所以，好凯普莱特——我尊重这一个姓氏，就像尊重我自己的姓氏一样——咱们还是讲和了吧。

茂丘西奥　哼，好丢脸的屈服！只有武力才可以洗去这种耻辱。（拔剑）提伯尔特，你这捉耗子的猫儿，你愿意跟我

班伏里奥一直充当劝架人的角色，可惜他面对的是两个脾气暴躁、听不进劝的家伙。

罗密欧与提伯尔特的意外相见，激化了两家的矛盾。虽然罗密欧为了爱人，在心理上努力去亲近提伯尔特，但还是免不了一场争斗。

决斗吗？

　　提伯尔特　你要我跟你干吗？

　　茂丘西奥　好猫精，听说你有九条性命，我只要取你一条命，留下那另外八条，等以后再跟你算账。快快拔出你的剑来，否则莫怪我无情，我的剑就要临到你的耳朵边了。

　　提伯尔特　（拔剑）好，我愿意奉陪。

　　罗密欧　好茂丘西奥，收起你的剑。

　　茂丘西奥　来，来，来，我倒要领教领教你的剑法。（二人互斗）

　　罗密欧　班伏里奥，拔出剑来，把他们的武器打下来。两位老兄，这算什么？快别闹啦！提伯尔特，茂丘西奥，亲王已经明令禁止在维罗纳的街道上斗殴。住手，提伯尔特！好茂丘西奥！（提伯尔特及其党徒下）

　　茂丘西奥　我受伤了。你们这两家倒霉的人家！我已经完啦。他不带一点儿伤就去了吗？

　　班伏里奥　啊！你受伤了吗？

　　茂丘西奥　嗯，嗯，擦破了一点儿；可是也够受的了。我的侍童呢？你这家伙，快去找个外科医生来。（侍童下）

　　罗密欧　放心吧，老兄；这伤口不算十分厉害。

　　茂丘西奥　是的，它没有一口井那么深，也没有一扇门那么阔，可是这一点儿伤也就够要命了；要是你明天找我，就到坟墓里来看我吧。我这一生是完了。你们这两家倒霉的人家！他妈的！狗、耗子、猫儿，都会咬得死人！这个说大话的家伙，这个混账东西，打起架来也要按照数学的公式！谁叫你把身子插了进来？都是你把我拉住了，我才受了伤。

　　罗密欧　我完全是出于好意。

　　茂丘西奥　班伏里奥，快把我扶进什么屋子里去，不然

此时的罗密欧夹在两人中间，虽想极力阻止却无济于事。换回来的是朋友的不理解和仇人的蔑视。

罗密欧上前干涉，茂丘西奥冷不防被提伯尔特击中受伤。

我就要晕过去了。你们这两家倒霉的人家！我已经死在你们手里了。——你们这两家人家！（茂丘西奥、班伏里奥同下）

罗密欧　他是亲王的近亲，也是我的好友；如今他为了我的缘故受到了致命的重伤。提伯尔特杀死了我的朋友，又毁谤了我的名誉，虽然他在一小时以前还是我的亲人。亲爱的朱丽叶啊！你的美丽使我变得懦弱，磨钝了我的勇气的锋刃！

【班伏里奥重上。

班伏里奥　啊，罗密欧，罗密欧！勇敢的茂丘西奥死了；他已经撒手离开尘世，他的英魂已经升上天庭了！

罗密欧　今天这一场意外的变故，怕要引起日后的灾祸。

【提伯尔特重上。

班伏里奥　暴怒的提伯尔特又来了。

罗密欧　茂丘西奥死了，他却耀武扬威活在人世！现在我只好抛弃一切顾忌，不怕伤了亲戚的情分，<u>让眼睛里喷出火焰的愤怒支配着我的行动了</u>！提伯尔特，你刚才骂我恶贼，我要你把这两个字收回去；茂丘西奥的阴魂就在我们头上，他在等着你去跟他做伴；我们两个人中间必须有一个人去陪陪他，要不然就是两人一起死。

提伯尔特　你这该死的小子，你生前跟他做朋友，死后也去陪他吧！

罗密欧　<u>这柄剑可以替我们决定谁死谁生。</u>（二人互斗；提伯尔特倒下）

班伏里奥　罗密欧，快走！市民们都已经被这场争吵惊动了，提伯尔特又死在这儿。别站着发怔；要是你给他们捉住了，亲王就要判你死刑。快去吧！快去吧！

罗密欧　唉！我是受命运玩弄的人。

班伏里奥　你为什么还不走？（罗密欧下）市民等上。

面对朋友的死亡，罗密欧觉得他有不可推卸的责任。他不想伤害朱丽叶的亲人，却已无力阻止形势的发展，他只能为朋友复仇。

这是一种失去朋友后的愤怒，充满了复仇的欲望。

市民甲　杀死茂丘西奥的那个人逃到哪儿去了？那凶手提伯尔特逃到什么地方去了？

班伏里奥　躺在那边的就是提伯尔特。

市民甲　先生，起来吧，请你跟我去。我用亲王的名义命令你服从。

【亲王率侍从：蒙太古夫妇、凯普莱特夫妇及余人等上。

亲王　这一场争吵的肇祸的罪魁在什么地方？

班伏里奥　啊，尊贵的亲王！我可以把这场流血的争吵的不幸经过向您从头禀告。躺在那边的那个人，就是把您的亲戚、勇敢的茂丘西奥杀死的人，他现在已经被年轻的罗密欧杀死了。

凯普莱特夫人　提伯尔特，我的侄儿！啊，我的哥哥的孩子！亲王啊！侄儿啊！丈夫啊！嗳哟！我的亲爱的侄儿给人杀死了！殿下，您是正直无私的，我们家里流的血，应当用蒙太古家里流的血来报偿。嗳哟，侄儿啊！侄儿啊！

亲王　班伏里奥，是谁开始这场血斗的？

班伏里奥　死在这儿的提伯尔特，他是被罗密欧杀死的。罗密欧很诚恳地劝告他，叫他想一想这种争吵多么没意思，并且也提起您的森严的禁令。他用温和的语调、谦恭的态度，赔着笑脸向他反复劝解，可是提伯尔特充耳不闻，一味逼着他的骄横，拔出剑来就向勇敢的茂丘西奥胸前刺了过去；茂丘西奥也动了怒气，就和他两下交锋起来，自恃着本领高强，满不在乎地一手挡开了敌人致命的剑锋，一手向提伯尔特还刺过去，提伯尔特眼明手快，也把它挡开了。那个时候罗密欧就高声喊叫，"住手，朋友；两下分开！"说时迟，那时快，他的敏捷的腕臂已经打下了他们的利剑，他就插身在他们两人中间；谁料提伯尔特怀着毒心，冷不防打罗密欧的手臂下面刺了一剑过去，竟中了茂丘西奥的要害，于

提伯尔特的死无疑加深并激化了凯普莱特和蒙太古家的矛盾。此时的两家人是"仇人"相见分外眼红。

班伏里奥以第三者的身份亲眼目睹并述说了这个过程，即使如此，他还是不能让朋友生还。但他却是一个可以依靠的朋友。

是他就逃走了。等了一会儿他又回来找罗密欧，罗密欧这时候正是满腔怒火，就像闪电似的跟他打起来，我还来不及拔剑阻止他们，勇猛的提伯尔特已经中剑而死，罗密欧见他倒在地上，也就转身逃走了。我所说的句句都是真话，倘有虚言，愿受死刑。

凯普莱特夫人　他是蒙太古家的亲戚，他说的话都是徇着私情，完全是假的。他们一共有二十来个人参加这场恶斗，二十个人合力谋害一个人的生命。殿下，我要请您主持公道，罗密欧杀死了提伯尔特，罗密欧必须抵命。

亲王　罗密欧杀了他，他杀了茂丘西奥；茂丘西奥的生命应当由谁抵偿？

蒙太古　殿下，罗密欧不应该偿他的命；他是茂丘西奥的朋友，他的过失不过是执行了提伯尔特依法应处的死刑。

亲王　为了这一个过失，我现在宣布把他立刻放逐出境。你们双方的憎恨已经牵涉到我的身上，在你们残暴的斗殴中，已经流下了我的亲人的血；可是我要给你们一个重重的惩罚，警戒警戒你们的将来。我不要听任何的请求辩护，哭泣和祈祷都不能使我枉法徇情，所以不用想什么挽回的办法，赶快把罗密欧遣送出境吧；不然的话，我们什么时候发现他，就在什么时候把他处死。把这尸体抬去，不许违抗我的命令；对杀人的凶手不能讲慈悲，否则就是鼓励杀人了。

（同下）

亲王最后判决，下令驱逐罗密欧出境。

第二场　同前。凯普莱特家的花园

【朱丽叶上。

朱丽叶　快快跑过去吧，踏着火云的骏马，把太阳拖回到它的安息的所在；但愿驾车的法厄同鞭策你们飞驰到西方，让阴沉的暮夜赶快降临。展开你密密的帷幕吧，成全

法厄同是日神的儿子，曾为其父驾御日车，不能控制其马而闯离常道。

恋爱的黑夜！遮住夜行人的眼睛，让罗密欧悄悄地投入我的怀里，不被人家看见也不被人家谈论！恋人们可以在他们自身美貌的光辉里互相缱绻；即使恋爱是盲目的，那也正好和黑夜相称。来吧，温文的夜，你朴素的黑衣妇人，教会我怎样在一场全胜的赌博中失败，把各人纯洁的童贞互为赌注。用你黑色的罩巾遮住我脸上羞怯的红潮，等我深藏内心的爱情慢慢地胆大起来，不再因为在行动上流露真情而惭愧。来吧，黑夜！来吧，罗密欧！来吧，你黑夜中的白昼！因为你将要睡在黑夜的翼上，比乌鸦背上的新雪还要皎白。来吧，柔和的黑夜！来吧，可爱的黑颜的夜，把我的罗密欧给我！等他死了以后，你再把他带去，分散成无数的星星，把天空装饰得如此美丽，使全世界都恋爱着黑夜，不再崇拜炫目的太阳。啊！我已经买下了一所恋爱的华厦，可是它还不曾属我所有；虽然我已经把自己出卖，可是还没有被买主领去。这日子长得真叫人厌烦，正像一个做好了新衣服的小孩儿，在节日的前夜焦躁地等着天明一样。啊！我的奶妈来了。

　　　　　【乳媪携绳上。

　　朱丽叶　她带着消息来了。谁的舌头上只要说出了罗密欧的名字，他就在吐露着天上的仙音。奶妈，什么消息？你带着些什么来了？那就是罗密欧叫你去拿的绳子吗？

　　乳媪　是的，是的，这绳子。（将绳掷下）

　　朱丽叶　嗳哟！什么事？你为什么扭着你的手？

　　乳媪　唉！唉！唉！他死了，他死了，他死了！我们完了，小姐，我们完了！唉！他去了，他给人杀了，他死了！

　　朱丽叶　天道竟会这样狠毒吗？

　　乳媪　不是天道狠毒，罗密欧才下得了这样狠毒的手。啊！罗密欧，罗密欧！谁想得到会有这样的事情？罗

缱绻(qiǎnquǎn)：形容情投意合，难舍难分；缠绵。

朱丽叶对刚刚的变故还一无所知，她还在期待她爱人的到来，还沉浸在甜蜜之中。

奶妈的慌乱与不理解，但朱丽叶无法相信已发生的事实。

密欧！

朱丽叶　你是个什么鬼，这样煎熬着我？这简直就是地狱里的酷刑。罗密欧把他自己杀死了吗？你只要回答我一个"是"字，这一个"是"字就比毒龙眼里射放的死光更会致人死命。如果真有这样的事，我就不会再在人世，或者说，那叫你说声"是"的人，从此就要把眼睛紧闭。要是他死了，你就说"是"；要是他没有死，你就说"不"。这两个简单的字就可以决定我的终身祸福。

乳媪　我看见他的伤口，我亲眼看见他的伤口，慈悲的上帝！就在他的宽阔的胸上。一具可怜的尸体，一具可怜的流血的尸体，像灰一样苍白，满身都是血，满身都是一块块的血；我一瞧见就晕过去了。

朱丽叶　啊，我的心要碎了！——可怜的破产者，你已经丧失了一切，还是赶快碎裂了吧！失去了光明的眼睛，你从此不能再见天日了！你这俗恶的泥土之躯，赶快停止呼吸，复归于泥土，去和罗密欧同眠在一个圹穴里吧！

乳媪　啊！提伯尔特，提伯尔特！我的顶好的朋友！啊，温文的提伯尔特，正直的绅士！想不到我活到今天，却会看见你死去！

朱丽叶　这是一阵什么风暴，一会儿又倒转方向！罗密欧给人杀了，提伯尔特又死了吗？一个是我的最亲爱的表哥，一个是我的更亲爱的夫君？那么，可怕的号角，宣布世界末日的来临吧！要是这样两个人都可以死去，谁还应该活在这世上？

乳媪　提伯尔特死了，罗密欧放逐了；罗密欧杀了提伯尔特，他现在被放逐了。

朱丽叶　上帝啊！提伯尔特是死在罗密欧手里的吗？

乳媪　是的，是的，唉！是的。

误以为罗密欧死去的朱丽叶悲痛不已，打算与他一起同眠墓穴，可见两人爱情之深。

这犹如一个晴天霹雳，可怜的朱丽叶！

朱丽叶 啊，花一样的面庞里藏着蛇一样的心！那一条恶龙曾经栖息在这样清雅的洞府里？美丽的暴君！天使般的魔鬼！披着白鸽羽毛的乌鸦！豺狼一样残忍的羔羊！圣洁的外表包覆着丑恶的实质！你的内心刚巧和你的形状相反，一个万恶的圣人，一个庄严的奸徒！造物主啊！你为什么要从地狱里提出这一个恶魔的灵魂，把它安放在这样可爱的一座肉体的天堂里？哪一本邪恶的书籍曾经装订得这样美观？啊！谁想得到这样一座富丽的宫殿里，会容纳着欺人的虚伪！

乳媪 男人都靠不住，没有良心，没有真心的；谁都是三心二意，反复无常，奸恶多端，尽是些骗子。啊！我的人呢？快给我倒点儿酒来；这些悲伤烦恼，已经使我老起来了。愿耻辱降临到罗密欧的头上！

朱丽叶 你说出这样的愿望，你的舌头上就应该长起水疱来！耻辱从来不曾和他在一起，它不敢侵上他的眉宇，因为那是君临天下的荣誉的宝座。啊！我刚才把他这样辱骂，我真是个畜生！

乳媪 杀死了你的族兄的人，你还说他好话吗？

朱丽叶 他是我的丈夫，我应当说他坏话吗？啊！我的可怜的丈夫！你的三小时的妻子都这样凌辱你的名字，谁还会对它说一句温情的慰藉呢？可是你这恶人，你为什么杀死我的哥哥？他要是不杀死我的哥哥，我的凶恶的哥哥就会杀死我的丈夫。回去吧，愚蠢的眼泪，流回你的源头；你那滴滴的细流，本来是悲哀的倾注，可是你却错把它呈献给喜悦。我的丈夫活着，他没有被提伯尔特杀死；提伯尔特死了，他想要杀死我的丈夫！这明明是喜讯，我为什么要哭泣呢？还有两个字比提伯尔特的死更使我痛心，像一柄利刃刺进了我的胸中；我但愿忘了它们，可是

朱丽叶对罗密欧的咒骂是恶毒的，无理性的。可是谁能理解她那备受煎熬的内心世界？

用悲喜交加形容此时的朱丽叶可能更合适。她高兴的是丈夫没有死，悲伤的是表哥的死让罗密欧永远被放逐，这让可怜的朱丽叶更加悲伤。

唉！它们紧紧地牢附在我的记忆里，就像萦回在罪人脑中的不可宥恕的罪恶。"提伯尔特死了，罗密欧放逐了！"放逐了！这"放逐"两个字，就等于杀死了一万个提伯尔特。单单提伯尔特的死，已经可以令人伤心了；即使祸不单行，必须在"提伯尔特死了"这一句话以后，再接上一句不幸的消息，为什么不说你的父亲，或是你的母亲，或是父母两人都死了，那也可以引起一点儿人之常情的哀悼？可是在提伯尔特的噩耗以后，再接连一记更大的打击，"罗密欧放逐了！"这句话简直等于说，父亲、母亲、提伯尔特、罗密欧、朱丽叶，一起被杀，一起死了。"罗密欧放逐了！"这一句话里面包含着无穷无尽、无极无限的死亡，没有字句能够形容出这里面蕴蓄着的悲伤。——奶妈，我的父亲、我的母亲呢？

乳媪　他们正在抚着提伯尔特的尸体痛哭。你要去看他们吗？让我带着你去。

朱丽叶　让他们用眼泪洗涤他的伤口，我的眼泪是要留着为罗密欧的放逐而哀哭的。拾起那些绳子来。可怜的绳子，你是失望了，我们俩都失望了，因为罗密欧已经被放逐；他要借着你做接引相思的桥梁，可是我却要做一个独守空闺的怨女而死去。来，绳儿；来，奶妈。我要去睡上我的新床，把我的童贞奉献给死亡！

乳媪　那么你快到房里去吧；我去找罗密欧来安慰你，我知道他在什么地方。听着，你的罗密欧今天晚上一定会来看你；他现在躲在劳伦斯神父的寺院里，我就去找他。

朱丽叶　啊！你快去找他；把这指环拿去给我的忠心的骑士，叫他来做一次最后的诀别。（各下）

奶妈像个慈母。她关心爱护朱丽叶，她希望朱丽叶可以幸福，可以得到爱人的关爱。因此，她又一次充当"信使"的角色。

对相爱的人来说，分分秒秒的厮守就是幸福，分离比死亡、酷刑更可怕。

第三场　同前。劳伦斯神父的寺院

【劳伦斯神父上。

劳伦斯　罗密欧，跑出来；出来吧，受惊的人，你已经和坎坷的命运结下了不解之缘。

【罗密欧上。

罗密欧　神父，什么消息？亲王的判决怎样？还有什么我所不知道的不幸的事情将要来找我？

劳伦斯　我的好孩子，你已经遭逢太多的不幸了。我来报告你亲王的判决。

罗密欧　除了死罪以外，还会有什么判决？

劳伦斯　他的判决是很温和的；他并不判你死罪，只宣布把你放逐。

罗密欧　嗐！放逐！慈悲一点儿，还是说"死"吧！不要说"放逐"，因为放逐比死还要可怕。

劳伦斯　你必须立刻离开维罗纳境内。不要懊恼，这是一个广大的世界。

罗密欧　在维罗纳城以外没有别的世界，只有地狱的苦难；所以从维罗纳放逐，就是从这世界上放逐，也就是死。明明是死，你却说是放逐，这就等于用一柄利斧砍下我的头，反因为自己犯了杀人罪而扬扬得意。

劳伦斯　嗳哟，罪过罪过！你怎么可以这样不知恩德！你所犯的过失，按照法律本来应该处死，幸亏亲王仁慈，特别对你开恩，才把可怕的死罪改成了放逐；这明明是莫大的恩典，你却不知道。

罗密欧　这是酷刑，不是恩典。朱丽叶所在的地方就是天堂，这儿的每一只猫、每一只狗、每一只小小的老鼠，都生活在天堂里，都可以瞻仰到她的容颜，可是罗密欧却看不见她。污秽的苍蝇都可以接触亲爱的朱丽叶的皎洁的玉手，从她的嘴唇上偷取天堂中的幸福，那两片嘴唇是这样的纯洁贞淑，永远含着娇羞，好像觉得它们自身的相吻也是一种罪恶。苍蝇可以这样做，我却必须远走高飞，它们是自由人，我却是一个放逐的流徒。你还说放逐不是死吗？难道你没有配好的毒药、锋锐的刀子或者无论什么致命的利器，而必须用"放逐"两个字把我杀害吗？放逐！啊，神父！只有沉沦在地狱里的鬼魂才会用到这两个字，伴着凄厉的呼号；你是一个教士，一个替人忏悔的神父，又是我的朋友，怎么忍心用"放逐"这两个字来寸磔我呢？

　　劳伦斯　你这痴心的疯子，听我说一句话。

　　罗密欧　啊！你又要对我说起放逐了。

　　劳伦斯　我要教给你抵御这两个字的方法，用哲学的甘乳安慰你的逆运，让你忘却被放逐的痛苦。

　　罗密欧　又是"放逐"！我不要听什么哲学！除非哲学能够制造一个朱丽叶，迁徙一个城市，撤销一个亲王的判决，否则它就没有什么用处。别再多说了吧。

　　劳伦斯　啊！那么我看疯人是不生耳朵的。

　　罗密欧　聪明人不生眼睛，疯人何必生耳朵呢？

　　劳伦斯　让我跟你讨论讨论你现在的处境吧。

　　罗密欧　你不能谈论你所没有感觉到的事情。要是你也像我一样年轻，朱丽叶是你的爱人，才结婚一小时，就把提伯尔特杀了；要是你也像我一样热恋，像我一样被放逐，那时你才可以讲话，那时你才会像我现在一样扯着你的头发，倒在地上，替自己量一个葬身的墓穴。（内叩门声）

　　劳伦斯　快起来，有人在敲门；好罗密欧，躲起来吧。

　　罗密欧　我不要躲，除非我心底里发出来的痛苦呻吟的气息，会像一重云雾一样把我掩过了追寻者的眼睛。（叩门声）

　　劳伦斯　听！门打得多么响！——是谁在外面？——罗密欧，快起来，你要给他们捉住了。——等一等！——站起来；（叩门声）跑到我的书斋里去。——就来了！——上帝啊！瞧你多么不听话！——来了，来了！（叩门声）谁把门敲得这么响？你是什么地方来的？你有什么事？

　　乳媪　（在内）让我进来，你就可以知道我的来意；我是从朱丽叶小姐那里来的。

　　劳伦斯　那好极了，欢迎欢迎！

【乳媪上。

乳媪　啊，神父！啊，告诉我，神父，我的小姐的姑爷呢？罗密欧呢？

劳伦斯　在那边地上哭得死去活来的就是他。

乳媪　啊！他正像我的小姐一样，正像她一样！

劳伦斯　唉！真是同病相怜，一样伤心！她也是这样躺在地上，一边唠叨一边哭，一边哭一边唠叨？起来，起来；是个男子汉就该起来；为了朱丽叶的缘故，为了她的缘故，站起来吧。为什么您要伤心到这个样子呢？

罗密欧　奶妈！

乳媪　唉，姑爷！唉，姑爷！一个人到头来总是要死的。

罗密欧　你刚才不是说起朱丽叶吗？她现在怎么样？我现在已经用她近亲的血玷污了我们的新欢，她会把我当作一个杀人的凶犯吗？她在什么地方？她怎么样？我这位秘密的新妇对于我们这一段中断的情缘说些什么话？

乳媪　啊，她没有说什么话，姑爷，只是哭个不停；一会儿倒在床上，一会儿又跳了起来；一会儿叫一声提伯尔特，一会儿哭一声罗密欧；然后又倒了下去。

罗密欧　好像我那一个名字是从枪口里瞄准了射出来似的，一弹出去就把她杀死，正像我这一双该死的手杀死了她的亲人一样。啊！告诉我，神父，告诉我，我的名字是在我身上哪一处万恶的地方？告诉我，好让我捣毁这可恨的巢穴。(拔剑)

劳伦斯　放下你的鲁莽的手！你是一个男子吗？你的形状是一个男子，你却流着妇人的眼泪；你的狂暴的举动，简直是一头野兽的无可理喻的咆哮。你这须眉的贱妇，你这人头的畜类！我真想不到你的性情竟会这样毫无涵养。你已经杀死了提伯尔特，你还要杀死你自己吗？你没想到你对自己采取了这种万劫不赦的暴行就是杀死与你相依为命的妻子吗？为什么你要怨恨天地，怨恨你自己的生不逢辰？天地好不容易生下你这一个人来，你却要亲手把你自己摧毁！呸！呸！你有的是一副堂堂的七尺之躯，有的是热情和智慧，你却不知道把它们好好利用，这岂不是辜负了你的七尺之躯，辜负了你的热情和智慧？你的堂堂的仪表不过是一尊蜡像，没有一点儿男子汉的血气；你的山盟海誓都是些空虚的谎语，杀害你所发誓珍爱的情人；你的智慧不知道指示你的行动、驾御你的感情，它已经变成了愚妄的谬见，正像装在一个笨拙的兵士的枪膛里的火药，本来是自卫的武器，因为不懂得点燃的方法，反而毁损了自己的肢体。怎么！起来吧，孩子！你刚才几乎要为了你的朱丽叶而自杀，可是她现在好好活着，这是你的第一件幸事。提伯尔特要把你杀死，可是你却杀死了提伯尔特，这是你的第二件幸事。法律上本来规定杀人抵命，可是它对你特别留情，减成了放逐的处分，这是你的第三件幸事。这许多幸事照顾着你，幸福穿着盛装向你献媚，你却像一个倔强乖僻的女孩，向你的命运和爱情嘬起了嘴唇。留心，留心，像这样不知足的人是不得好死的。去，快去会见你的情人，按照预定的计划，到她的寝室里去，安慰安慰她；可是在逻骑出发以前，你必须尽早离开，否则你就到不了曼多亚。你可以暂时在曼多亚住下，等我们觑着机会，把你们的婚姻宣布出来，和解了你们两家的亲族，向亲王请求特赦，那时我们就可以用超过你现在离别的悲痛二百万倍的欢乐招呼你回来。奶妈，你先去，替我向你家小姐致意；叫她设法催促她家里的人早早安睡，他们在遭到这样重大的悲伤以后，这是很容易办到的。你对她说，罗密欧就要来了。

乳媪　主啊！像这样好的教训，我就是在这儿听上一整夜都愿意。啊！真是有学问人说的话！姑爷，我就去对小姐说您就要来了。

罗密欧　很好，请你再叫我的爱人预备好一顿责骂。

乳媪　姑爷，这一个戒指小姐叫我拿来送给您，请您赶快就去，天色已经很晚了。（下）

罗密欧　现在我又重新得到了多大的安慰！

劳伦斯　去吧，晚安！你的命运在此一举：你必须在巡逻者开始查缉以前脱身，否则就得在黎明时候化装逃走。你就在曼多亚安下身来；我可以找到你的仆人，倘使这儿有什么关于你的好消息，我会叫他随时通知你。把你的手给我。时候不早了，再会吧。

罗密欧　倘不是一个超乎一切喜悦的喜悦在招呼着我，像这样匆匆的离别，一定会使我黯然神伤。再会！（各下）

第四场　同前。凯普莱特家中一室

【凯普莱特、凯普莱特夫人及帕里斯上。

凯普莱特　伯爵，舍间因为遭逢变故，我们还没有时间去开导小女；您知道她跟她那个表兄提伯尔特是友爱很笃的，我也非常喜欢他。唉！人生不免一死，也不必再去说他了。现在时间已经很晚，她今夜不会再下来了；不瞒您说，倘不是您大驾光临，我也早在一小时以前上了床啦。

帕里斯　我在你们正在伤心的时候来此求婚，实在是太冒昧了。晚安，伯母，请您替我向令媛致意。

凯普莱特夫人　好，我明天一早就去探听她的意思；今夜她已经怀着满腔的悲哀关上门睡了。

凯普莱特　帕里斯伯爵，我可以大胆替我的孩子做主，我想她一定会绝对服从我的意志；是的，我对于这一点可以断定。夫人，你在临睡以前先去看看她，把这位帕里斯伯爵向她求爱的意思告诉她知道；你再对她说，听好我的话，叫她在星期三——且慢！今天星期几？

帕里斯　星期一，老伯。

凯普莱特　星期一！哈哈！好，星期三是太快了点儿，那么就是星期四吧。对她说，在这个星期四，她就要嫁给这位尊贵的伯爵。您来得及准备吗？您不嫌太仓促吗？咱们也不必十分铺张，略为请几位亲友就够了；因为提伯尔特才死不久，他是我们自己家里的人，要是我们大开欢宴，人家也许会说我们对去世的人太没有情分。所以我们只要请五六个亲友，把仪式举行一下就算了。您说星期四怎样？

帕里斯　老伯，我但愿星期四便是明天。

凯普莱特　好，你去吧；那么就是星期四。夫人，你在临睡前先去看看朱丽叶，叫她预备预备，好做起新娘来啊。

再见，伯爵。喂！掌灯！时候已经很晚了，等一会儿我们就要说时间很早了。晚安！（各下）

第五场　同前。朱丽叶的卧室

【罗密欧及朱丽叶上。

朱丽叶　你现在就要走了吗？天亮还有一会儿呢。那刺进你惊恐的耳膜中的，不是云雀，是夜莺的声音；它每天晚上在那边石榴树上歌唱。相信我，爱人，那是夜莺的歌声。

罗密欧　那是报晓的云雀，不是夜莺。瞧，爱人，不作美的晨曦已经在东天的云朵上镶起了金线，夜晚的星光已经烧烬，愉快的白昼蹑足踏上了迷雾的山巅。我必须到别处去找寻生路，或者留在这儿束手等死。

朱丽叶　那光明不是晨曦，我知道；那是从太阳中吐射出来的流星，要在今夜替你拿着火炬，照亮你到曼多亚去。所以你不必急着要去，再耽搁一会儿吧。

罗密欧　让我被他们捉住，让我被他们处死；只要是你的意思，我就毫无怨恨。我愿意说那边灰白色的云彩不是黎明睁开它的睡眼，那不过是从月亮的眉宇间反映出来的微光；那响彻云霄的歌声，也不是出于云雀的喉中。我巴不得留在这里，永远不要离开。来吧，死，我欢迎你！因为这是朱丽叶的意思。怎么，我的灵魂？让我们谈谈，天还没有亮哩。

朱丽叶　天已经亮了，天已经亮了，快走吧，快走吧！那唱得这样刺耳、嘶着粗涩的噪声和讨厌的锐音的，正是天际的云雀。有人说云雀会发出千变万化的甜蜜的歌声，这句话一点儿不对，因为它只使我们彼此分离；有人说云雀曾经和丑恶的蟾蜍交换眼睛，啊，我但愿它们也交换了声音，因

他俩肯定希望时间就在此刻凝固，让他们永生永世地相守在一起，而不是分离。

俩人的对话实在让人不忍心听，想留却不能留，不想走却要走的悲哀与心酸只有他们才能真切感受。

为那声音使你离开了我的怀抱，用催醒的晨歌催促你登程。啊！现在你快走吧，天越来越亮了。

罗密欧 天越来越亮，我们悲哀的心却越来越黑暗。

【乳媪上。

乳媪 小姐！

朱丽叶 奶妈？

好心的奶妈。

乳媪 你的母亲就要到你房里来了。天已经亮啦，小心点儿。（下）

朱丽叶 那么窗啊，让白昼进来，让生命出去。

罗密欧 再会，再会！给我一个吻，我就下去。（由窗口下）

朱丽叶 你就这样走了吗？我的夫君，我的爱人，我的朋友！我必须在每一天的每一小时内听到你的消息，因为一分钟就等于许多天。啊！照这样计算起来，等我再看见我的罗密欧的时候，我不知道已经老到怎样了。

罗密欧 再会！我决不放弃任何的机会，爱人，向你传达我的衷情。

朱丽叶 啊！你想我们会不会再有见面的日子？

罗密欧 一定会有的；我们现在这一切悲哀痛苦，到将来便是握手谈心的资料。

这是最后的相见，也是永远的分离。两个年轻人谁都无法逃避命运的诅咒。

朱丽叶 上帝啊！我有一个预感不祥的灵魂；你现在站在下面，我仿佛望见你像一具坟墓底下的尸骸。也许是我的眼光昏花，否则就是你的面容太惨白了。

罗密欧 相信我，爱人，在我的眼中你也是这样；忧伤吸干了我们的血液。再会！再会！（下）

朱丽叶 命运啊命运！谁都说你反复无常；要是你真的反复无常，那么你怎样对待一个忠贞不贰的人呢？愿你不要改变你的轻浮的天性，因为这样也许你会早早打发他回来。

凯普莱特夫人　（在内）喂，女儿！你起来了吗？

朱丽叶　谁在叫我？是我的母亲吗？——难道她这么晚还没有睡觉，还是这么早就起来了？什么特殊的原因使她到这儿来？

【凯普莱特夫人上。

凯普莱特夫人　啊，怎么，朱丽叶！

朱丽叶　母亲，我不大舒服。

凯普莱特夫人　老是为了你表兄的死而掉泪吗？什么！你想用眼泪把他从坟墓里冲出来吗？就是冲得出来，你也没法子叫他复活，所以还是算了吧。适当的悲哀可以表示感情的深切，过度的伤心却可以证明智慧的欠缺。

朱丽叶　可是让我为了这样一个痛心的损失而流泪吧。

凯普莱特夫人　损失固然痛心，可是一个失去的亲人，不是眼泪哭得回来的。

朱丽叶　因为这损失实在太痛心了，我不能不为了失去的亲人而痛哭。

凯普莱特夫人　好，孩子，人已经死了，你也不用多哭他了；顶可恨的是那杀死他的恶人仍旧活在世上。

朱丽叶　什么恶人，母亲？

凯普莱特夫人　就是罗密欧那个恶人。

朱丽叶　（旁白）恶人跟他相去真有十万八千里呢。——上帝饶恕他！我愿意全心饶恕他；可是没有一个人像他那样使我心里充满了悲伤。

凯普莱特夫人　那是因为这个万恶的凶手还活在世上。

朱丽叶　是的，母亲，我恨不得把他抓在我的手里。但愿我能够独自报这一段杀兄之仇！

凯普莱特夫人　我们一定要报仇的，你放心吧；别再哭了。这个亡命的流徒现在到曼多亚去了，我要差一个人到那

凯普莱特夫人又怎会理解朱丽叶所说的为了失去的亲人而痛哭呢？

凯普莱特夫人的愿望没有落空，可代价却是惨重的。

边去，用一种稀有的毒药把他毒死，让他早点儿跟提伯尔特见面；那时候我想你一定可以满足了。

朱丽叶　真的，我心里永远不会感到满足，除非我看见罗密欧在我的面前——死去；我这颗可怜的心是这样为了一个亲人而痛楚！母亲，要是您能够找到一个愿意带毒药去的人，让我亲手把它调好，好叫那罗密欧服下以后，就会安然睡去。唉！我心里多么难过，只听到他的名字，却不能赶到他的面前，为了我对哥哥的感情，我巴不得能在那杀死他的人身上报这个仇！

凯普莱特夫人　你去想办法，我一定可以找到这样一个人。可是，孩子，现在我要告诉你好消息。

朱丽叶　在这样不愉快的时候，好消息来得真是再适当没有了。请问母亲，是什么好消息呢？

凯普莱特夫人　哈哈，孩子，你有一个体贴你的好爸爸哩；他为了替你排解愁闷已经为你选定了一个大喜的日子，不但你想不到，就是我也没有想到。

朱丽叶　母亲，快告诉我，是什么日子？

凯普莱特夫人　哈哈，我的孩子，星期四的早晨，那位风流年少的贵人，帕里斯伯爵，就要在圣彼得教堂里娶你做他的幸福的新娘了。

朱丽叶　凭着圣彼得教堂和圣彼得的名字起誓，我决不让他娶我做他的幸福的新娘。世间哪有这样仓促的事情，人家还没有来向我求过婚，我倒先做了他的妻子了！母亲，请您对我的父亲说，我现在还不愿意出嫁；就是要出嫁，我可以发誓，我也宁愿嫁给我所痛恨的罗密欧，不愿嫁给帕里斯。真是些好消息！

凯普莱特夫人　你爸爸来啦；你自己对他说去，看他会不会听你的话。

此处为后文罗密欧服毒而死埋下了伏笔。

凯普莱特夫人无法理解朱丽叶的痛楚。其实，此时的她最惦念的就是那个所谓的好消息。

连朱丽叶也觉得这是一桩仓促的婚事，凯普莱特夫人却沉浸在丈夫一手创造的喜悦之中。这是一位不替女儿着想的母亲。

【凯普莱特及乳媪上。

凯普莱特　太阳西下的时候，天空中落下了蒙蒙的细露；可是我的侄儿死了，却有倾盆的大雨送着他下葬。怎么！装起喷水管来了吗，孩子？咦？还在哭吗？雨到现在还没有停吗？你这小小的身体里面，也有船，也有海，也有风；因为你的眼睛就是海，永远有泪潮在那儿涨退；你的身体是一艘船，在这泪海上面航行；你的叹息是海上的狂风。你的身体经不起风浪的吹打，会在这汹涌的怒海中覆没的。怎么，妻子！你没有把我们的主意告诉她吗？

凯普莱特夫人　我告诉她了，可是她说谢谢你，她不要嫁人。我希望这傻丫头还是死了干净！

凯普莱特　且慢！讲明白点儿，讲明白点儿，妻子。怎么！她不要嫁人吗？她不谢谢我们吗？她不称心吗？像她这样一个贱丫头，我们替她找到了这么一位高贵的绅士做她的新郎，她还不想想这是多大的福气吗？

朱丽叶　我没有喜欢，只有感激；你们不能勉强我喜欢一个我对他没有好感的人，可是我感激你们爱我的一片好心。

凯普莱特　怎么！怎么！胡说八道！这是什么话？什么"喜欢""不喜欢"，"感激""不感激"！好丫头，我也不要你感谢，我也不要你喜欢，只要你预备好星期四到圣彼得教堂里去跟帕里斯结婚；你要是不愿意，我就把你装在木笼里拖了去。不要脸的死丫头，贱东西！

凯普莱特夫人　嗳哟！嗳哟！你疯了吗？

朱丽叶　好爸爸，我跪下来求求您，请您耐心听我说一句话。

凯普莱特　该死的小贱妇！不孝的畜生！我告诉你，星期四给我到教堂里去，不然以后再也不要见我的面。不许说话，不要回答我；我的手指痒着呢。——夫人，我们常常怨叹自己福薄，只生下这一个孩子；可是现在我才知道就是这一个已经

老凯普莱特的"家长"特点让人一览无余。他完全不顾女儿的感受，一心想着帕里斯的身份地位，甚至威胁、辱骂自己的女儿。枉为人父！

女儿听到父亲用这样的词语侮骂自己该是怎样的心情！这是一个怎样的父亲！

太多了,总是家门不幸,出了这一个冤孽! <u>不要脸的贱货!</u>

乳媪 上帝祝福她!老爷,您不该这样骂她。

凯普莱特 为什么不该!我的聪明的老太太?谁要你多嘴,我的好大娘?你去跟你那些婆婆妈妈们谈天去吧,去!

乳媪 我又没有说过一句冒犯您的话。

凯普莱特 啊,去你的吧。

乳媪 人家就不能开口吗?

凯普莱特 闭嘴,你这叽哩咕噜的蠢婆娘!我们不要听你的教训。

凯普莱特夫人 你的脾气太躁了。

凯普莱特 哼!我气都气疯啦。每天每夜,时时刻刻,不论忙着空着,独自一个人或是跟别人在一起,我心里总是在盘算着怎样把她许配给一个好人家;现在好不容易找到一位出身高贵的绅士,又有家私,又年轻,又受过高尚的教养,正是人家说的十二分的人才,好到没得说了;偏偏这个不懂事的傻丫头,放着送上门来的好福气不要,说什么"我不要结婚""我不懂恋爱""我年纪太小""请你原谅我";好,你要是不愿意嫁人,我可以放你自由,尽你的意思到什么地方去,我这屋子里可容不得你。你给我想想明白,我是一向说到哪里做到哪里的。星期四就在眼前,自己仔细考虑考虑。你倘若是我的女儿,就得听我的话嫁给我的朋友;你倘若不是我的女儿,那么你去上吊也好,做叫花子也好,挨饿也好,死在街道上也好,我都不管,因为凭着我的灵魂起誓,我是再也不会认你这个女儿的,你也别想我会分一点儿什么给你。我不会骗你,你想一想吧,我已经发过誓了,我一定要把它做到。(下)

朱丽叶 <u>天知道我心里是多么难过,难道它竟会不给我一点儿慈悲吗?</u>啊,我的亲爱的母亲!不要丢弃我!把这门亲事延期一个月或是一个星期也好;或者要是您不答应我,

可怜可悲的朱丽叶,可气可恨的父亲。父母之命未必能成就幸福美满的婚姻啊!

那么请您把我的新床安放在提伯尔特长眠的幽暗的坟茔里吧!

凯普莱特夫人　不要对我讲话,我没有什么好说的。随你的便吧,我是不管你啦。(下)

朱丽叶　上帝啊!啊,奶妈!这件事情怎么避过去呢?我的丈夫还在世间,我的誓言已经上达天庭;倘使我的誓言可以收回,那么除非我的丈夫已经离开人世,从天上把它送还给我。安慰安慰我,替我想想办法吧。唉!唉!想不到天也会作弄像我这样柔弱的人!你怎么说?难道你没有一句可以使我快乐的话吗?奶妈,给我一点儿安慰吧!

乳媪　好,那么你听我说。罗密欧是已经放逐了;我可以拿随便什么东西跟你打赌,他再也不敢回来责问你,除非他偷偷地溜了回来。事情既然这样,那么我想你最好还是跟那伯爵结婚吧。啊!他真是个可爱的绅士!罗密欧比起他来只算是一块抹布;小姐,一只鹰也没有像帕里斯那样一双又是碧绿好看、又是锐利的眼睛。说句该死的话,我想你这第二个丈夫,比第一个丈夫好得多啦;纵然不是好得多,可是你的第一个丈夫虽然还在世上,对你已经没有什么用处,也就跟死了差不多啦。

朱丽叶　你这些话是从心里说出来的吗?

乳媪　那不但是我心里的话,也是我灵魂里的话;倘有虚假,让我的灵魂下地狱。

朱丽叶　阿门!

乳媪　什么!

朱丽叶　好,你已经给了我很大的安慰。你进去吧;告诉我的母亲说我出去了,因为得罪了我的父亲,要到劳伦斯的寺院里去忏悔我的罪过。

乳媪　很好,我就这样告诉她;这才是聪明的办法哩。(下)

所有的人都在逼迫朱丽叶,她怎能承受这种重压?她该怎么办?

奶妈也不再支持朱丽叶,她竟然也让朱丽叶放弃罗密欧。

在悲愤与悲痛中，朱丽叶决定向劳伦斯神父求救。

朱丽叶　老而不死的魔鬼！顶丑恶的妖精！她希望我背弃我的盟誓；她几千次向我夸奖我的丈夫，说他比谁都好，现在却又用同一条舌头说他的坏话！去，我的顾问，从此以后，我再也不把你当作心腹看待了。我要到神父那儿去向他求救；要是一切办法都已用尽，我还有死这条路。（下）

▌情境赏析▐

　　就在罗密欧与朱丽叶沉浸在新婚的快乐之时，两家的冲突再次爆发。罗密欧的朋友茂丘西奥和凯普莱特夫人的内侄提伯尔特在街上相遇，好斗的提伯尔特故意挑衅，双方发生口角，终于刀剑相见。正好被罗密欧遇见，上前相劝，提伯尔特本来就是想找罗密欧的麻烦，正好碰见，于是大骂罗密欧是恶贼，并伺机杀死了茂丘西奥。罗密欧在忍无可忍的情况下，杀死提伯尔特，为朋友报了仇。

　　这次冲突带给罗密欧的是被放逐的命运。这对正在热恋中的情人来说是致命的打击，罗密欧痛苦地瘫倒在地上，哭得死去活来，几乎为他的朱丽叶而自杀。而朱丽叶开始时为表哥提伯尔特死在罗密欧之手而痛心，后又为自己的罗密欧活下来而庆幸，转而又为罗密欧被放逐而悲伤。在这绝望的时刻，劳伦斯神父又暗中相助，让罗密欧先到曼多亚，等时机成熟，再向大家宣布他们的婚姻，并请求亲王特赦，到那时罗密欧就可以回来与朱丽叶团聚，并为他们安排了最后一次约会。在朱丽叶的卧室里，一对恋人缠绵悱恻，看着那渐渐发白的天空，听着那云雀催人登程的歌声，两个恋恋不舍地互道再会。

　　然而祸不单行，在罗密欧走后不久，朱丽叶那颗破碎的心还没有平复的时候，她父亲老凯普莱特强迫她嫁给亲王的亲戚帕里斯伯爵，好似在痛苦的天平上又加重了一个砝码。为了爱，为了忠于丈夫，朱丽叶急中生智巧骗家人来到教堂去求得劳伦斯神父的帮助。

名家点评

　　莎士比亚用诗情化的笔触，使悲怆的死闪耀着人性的灵光，回响着浪漫的旋律，罗密欧与朱丽叶的死改造了现实生活的定式，产生了摧枯拉朽的作用，使未来生活在两个世仇家庭的青年人不会再重蹈他们的命运。他们用年轻的生命预示了充满希望的明天，《罗密欧与朱丽叶》无愧于文艺复兴晚期一部洋溢着青春朝气的"乐观主义的悲剧"。

——（苏）高尔基

命运似乎在捉弄可怜的朱丽叶：新婚的丈夫被无情放逐，亲情笃深的表哥死于丈夫之手，愚昧不堪的父母硬让自己嫁给一个不爱的伯爵。所有这一切让她稚嫩的双肩无法承受，眼泪挽回不了所有的定局，而她唯一的希望就是得到神的帮助。

神是无私的，富有同情心的。他让晴朗的天空密布阴云，哀风呼号，他让欢乐的婚礼顷刻变成悲哀的丧礼，精美的乐器顷刻变成沉重的丧钟，热闹的婚筵顷刻变成凄凉的丧席，优美的赞歌变成沉痛的挽歌，新娘的鲜花成了坟墓中的殉葬品，所有的一切都反其道而行。

可是，这究竟是怎么一回事儿呢，朱丽叶真的走上不归路了吗？

第一场　维罗纳。劳伦斯神父的寺院

【劳伦斯神父及帕里斯上。

劳伦斯　在星期四吗，伯爵？时间未免太仓促了。

帕里斯　这是我的岳父凯普莱特的意思；他既然这样性急，我也不愿把时间延迟下去。

劳伦斯　您说您还不知道那小姐的心思，我不赞成这种片面决定的事情。

帕里斯　提伯尔特死后她伤心过度，所以我没有跟她多谈恋爱，因为在一间哭哭啼啼的屋子里，维纳斯是露不出笑容来的。神父，她的父亲因为瞧她这样一味忧伤，恐怕会发生什么意外，所以才决定提早替我们完婚，免得她一天到晚哭得像个泪人儿一般；一个人在房间里最容易触景伤情，要是有了伴侣，也许可以替她排除悲哀。现在您可以理解我这次仓促结婚的理由了吧。

帕里斯以为凯普莱特是因为怕女儿过度悲伤才提早替他们完婚的。

劳伦斯　（旁白）我希望我不知道它为什么必须延迟的理由。——瞧，伯爵，这位小姐到我寺里来了。

【朱丽叶上。

帕里斯　您来得正好，我的爱妻。

朱丽叶　伯爵，等我做了妻子以后，也许您可以这样叫我。

帕里斯　爱人，也许到星期四这就要成为事实了。

朱丽叶　事实是无可避免的。

劳伦斯　那是当然的道理。

帕里斯　您是来向这位神父忏悔的吗？

朱丽叶　回答您这一个问题，我必须向您忏悔了。

帕里斯　不要在他的面前否认您爱我。

朱丽叶　我愿意在您的面前承认我爱他。

帕里斯　我相信您也一定愿意在我的面前承认您爱我。

朱丽叶　要是我必须承认，那么在您的背后承认，比在您的面前承认好得多啦。

帕里斯　可怜的人儿！眼泪已经毁损了你的美貌。

朱丽叶　眼泪并没有得到多大的胜利；因为我这副容貌在被眼泪毁损以前，已经够丑了。

帕里斯　你不该说这样的话诽谤你的美貌。

朱丽叶　这不是诽谤，伯爵，这是实在的话，我当着我自己的脸说的。

帕里斯　你的脸是我的，你不该侮辱它。

朱丽叶　也许是的，因为它不是我自己的。神父，您现在有空吗？还是让我在晚祷的时候再来？

劳伦斯　我还是现在有空，多愁的女儿。伯爵，我们现在必须请您离开我们。

帕里斯　我不敢打扰你们的祈祷。朱丽叶，星期四一早

劳伦斯是上帝的代表，他希望自己能够公平、公正地对待每一个人。此时的他面对这种情形内心既焦虑又矛盾。

帕里斯对朱丽叶深情款款，关爱有加，可朱丽叶并不领情。可以想象此时的朱丽叶对帕里斯充满了怨恨。

我就来叫醒你；现在我们再会吧，请你保留下这一个神圣的吻。（下）

朱丽叶　啊！把门关了！关了门，再来陪着我哭吧。没有希望、没有补救、没有挽回了！

劳伦斯　啊，朱丽叶！我早已知道你的悲哀，实在想不出一个万全的计策。我听说你在星期四必须跟伯爵结婚，而且毫无拖延的可能了。

朱丽叶　神父，不要对我说你已经听见这件事情，除非你能够告诉我怎样避免它；要是你的智慧不能帮助我，那么只要你赞同我的决心，我就可以立刻用这把刀解决一切。上帝把我的心和罗密欧的心结合在一起，我们两人的手是你替我们结合的；要是我这一只已经由你证明和罗密欧缔盟的手，再去和别人缔结新盟，或是我的忠贞的心起了叛变，投进别人的怀里，那么这把刀可以割下这背盟的手，诛戮这叛变的心。所以，神父，凭着你的丰富的见识阅历，请你赶快给我一些指教；否则瞧吧，这把血腥气的刀，就可以在我跟我的困难之间做一个公证人，替我解决你的经验和才能所不能替我觅得一个光荣解决的难题。不要老是不说话；要是你不能指教我一个补救的办法，那么我除了一死以外，没有别的希冀。

劳伦斯　住手，女儿；我已经望见了一线希望，可是那必须用一种非常的手段，方才能够抵御这一种非常的变故。要是你因为不愿跟帕里斯伯爵结婚，能够毅然立下视死如归的决心，那么你也一定愿意采取一种和死差不多的办法，来避免这种耻辱；倘若你敢冒险一试，我就可以把办法告诉你。

朱丽叶　啊！只要不嫁给帕里斯，你可以叫我从那边塔顶的雉堞上跳下来；你可以叫我在盗贼出没、毒蛇潜迹的路

神父是朱丽叶最后的希望，如果神父也不帮她，她将以死捍卫自己的爱情，保留自己的贞洁。

如果没有朱丽叶的自杀决心，可能神父不会贸然采取这种方法。

上匍匐行走；把我和咆哮的怒熊锁禁在一起；或者在夜间把我关在堆积尸骨的地窟里，用许多陈死的白骨、霉臭的腿胴和失去下颚的焦黄的骷髅掩盖着我的身体；或者叫我跑进一座新坟里去，把我隐匿在死人的殓衾里。无论什么使我听了战栗的事，只要可以让我活着对我的爱人做一个纯洁无瑕的妻子，我都愿意毫不恐惧、毫不迟疑地去做。

劳伦斯　好，那么放下你的刀，快快乐乐地回家去，答应嫁给帕里斯。明天就是星期三了，明天晚上你必须一人独睡，别让你的奶妈睡在你的房间里。这一个药瓶你拿去，等你上床以后，就把这里面炼就的液汁一口喝下，那时就会有一阵昏昏沉沉的寒气通过你全身的血管，接着脉搏就会停止跳动，没有一丝热气和呼吸可以证明你还活着，你的嘴唇和颊上的红色都会变成灰白，你的眼睑闭上，就像死神的手关闭了生命的白昼；你身上的每一部分失去了灵活的控制，都像死一样僵硬寒冷。在这种与死无异的状态中，你必须经过四十二小时，然后你就仿佛从一场酣睡中醒了过来。当那新郎在早晨来催你起身的时候，他们会发现你已经死了；然后，照着我们国里的规矩，他们就要替你穿起盛装，用柩车载着你到凯普莱特族中祖先的坟茔里。同时因为要预备你醒来，我可以写信给罗密欧，告诉他我们的计划，叫他立刻到这儿来；我跟他两个人就守在你的身边，等你一醒过来，当夜就叫罗密欧带着你到曼多亚去。只要你不临时变卦，不中途气馁，这一个办法一定可以使你避免这一场眼前的耻辱。

朱丽叶　给我！给我！啊，不要对我说起害怕两个字！

劳伦斯　拿着。你去吧，愿你立志坚强，前途顺利！我就叫一个弟兄飞快到曼多亚，带我的信去送给你的丈夫。

朱丽叶　爱情啊，给我力量吧！只有力量可以搭救我。

这确实是一个好办法，它可以守护两个人相爱的誓言。

气馁：形容失掉勇气。

再会，亲爱的神父！（各下）

第二场　同前。凯普莱特家中厅堂

【凯普莱特、凯普莱特夫人、乳媪及众仆上。

凯普莱特　这单子上有名字的，都是要去邀请的客人。（仆甲下）来人，给我去雇二十个有本领的厨子来。

仆乙　老爷，您请放心，我一定要挑选能舔手指头的厨子来做菜。

凯普莱特　你怎么知道他们能做菜呢？

仆乙　呀，老爷，不能舔手指头的就不能做菜，这样的厨子我就不要。

凯普莱特　好，去吧。咱们这一次实在有点儿措手不及。什么！我的女儿到劳伦斯神父那里去了吗？

乳媪　正是。

凯普莱特　好，也许他可以劝告劝告她。真是个乖僻不听话的浪蹄子！

乳媪　瞧她已经忏悔完毕，高高兴兴地回来啦。

【朱丽叶上。

凯普莱特　啊，我的倔强的丫头！你荡到什么地方去啦？

朱丽叶　我因为自知忤逆不孝，违抗了您的命令，所以特地前去忏悔我的罪过。现在我听从劳伦斯神父的指教，跪在这儿请您宽恕。爸爸，请您宽恕我吧！从此以后，我永远听您的话了。

凯普莱特　去请伯爵来，对他说：我要把婚礼改在明天早上举行。

朱丽叶　我在劳伦斯寺里遇见这位少年伯爵；我已经在不超过礼法的范围以内，向他表示过我的爱情了。

凯普莱特　啊，那很好，我很高兴。站起来吧，这样

女儿的反对丝毫没有动摇老凯普莱特的决心，他依然一意孤行。

示弱可以让强者放松警惕，于弱者有利，可得到调整的良机，以准备更有把握的出击。

才对。让我见见这伯爵。喂，快去请他过来。多谢上帝，把这位可敬的神父赐给我们！我们全城的人都感戴他的好处。

朱丽叶　奶妈，请你陪我到我的房间里去，帮我检点检点衣饰，看有哪几件可以在明天穿戴。

凯普莱特夫人　不，还是到星期四再说吧，急什么呢？

凯普莱特　去，奶妈，陪她去。我们一定明天上教堂。

（朱丽叶及乳媪下）

凯普莱特夫人　我们现在预备起来怕来不及，天已经快黑了。

凯普莱特　胡说！我现在就动手起来，你瞧着吧，太太，到明天一定什么都安排得好好的。你快去帮朱丽叶打扮打扮，我今天晚上不睡了，让我一个人在这儿做一次管家妇。喂！喂！这些人一个都不在。好，让我自己跑到帕里斯那里去，叫他准备明天做新郎。这个倔强的孩子现在回心转意，真叫我高兴得不得了。（各下）

回心转意：改变态度，不再坚持过去的成见和主张（多指放弃嫌怨，恢复感情）。

第三场　同前。朱丽叶的卧室

【朱丽叶及乳媪上。

朱丽叶　嗯，那些衣服都很好。可是，好奶妈，今天晚上请你不用陪我，因为我还要念许多祷告，求上天宥恕我过去的罪恶，默佑我将来的幸福。

【凯普莱特夫人上。

凯普莱特夫人　啊！你正在忙着吗？要不要我帮你？

朱丽叶　不，母亲，我们已经选择好了明天需用的一切，所以现在请您让我一个人在这儿吧；让奶妈今天晚上陪着您不睡，因为我相信这次事情办得太仓促了，您一定忙得不可开交。

凯普莱特夫人　晚安！早点儿睡觉，你应该好好休息休息。

【凯普莱特夫人及乳媪下。

对母亲的不舍，对未来的不确定。

朱丽叶 再会！上帝知道我们将在什么时候相见。我觉得仿佛有一阵寒战刺激着我的血液，简直要把生命的热流冻结起来似的；待我叫她们回来安慰安慰我。奶妈！——要她到这儿来干吗？这凄惨的场面必须让我一个人扮演。来，药瓶。要是这药水不发生效力呢？那么我明天早上就必须结婚吗？不，不，这把刀会阻止我。你躺在那儿吧。（将匕首置枕边）也许这瓶里是毒药，那神父因为已经替我和罗密欧证婚，现在我再跟别人结婚，恐怕损害他的名誉，所以有意骗我服下去毒死我，我怕也许会有这样的事。可是他一向是众所公认的道高德重的人，我想大概不至于，我不能抱着这样卑劣的思想。要是我在坟墓里醒了过来，罗密欧还没有到来把我救出去呢？这倒是很可怕的一点！那时我不是要在终年透不进一丝新鲜空气的地窖里活活闷死，等不到我的罗密欧到来吗？即使不闷死，那死亡和长夜的恐怖，那古墓中阴森的气象，几百年来，我祖先的尸骨都堆积在那里，入土未久的提伯尔特蒙着他的殓衾，正在那里腐烂。人家说，一到晚上，鬼魂便会归返他们的墓穴。唉！唉！要是我太早醒来，这些恶臭的气味，这些使人听了会发疯的凄厉的叫声。啊！要是我醒来，周围都是这种吓人的东西，我不会心神迷乱，疯狂地抚弄着我的祖宗的骨骼，把肢体溃烂的提伯尔特拖出他的殓衾吗？在这样疯狂的状态中，我不会拾起一根老祖宗的骨头来，当作一根棍子，打破我的发昏的头颅吗？啊，瞧！那不是提伯尔特的鬼魂，正在那里追赶罗密欧，报复他的一剑之仇吗？等一等，提伯尔特，等一等！罗密欧，我来了！我为你干了这一杯！（倒在幕内的床上）

朱丽叶在喝毒药前的种种担心。毕竟，这种做法含有很多不可预知性，这真是一次大胆而冒险的赌博。

衾（qīn）：尸体入殓时盖尸体的东西。

第四场　同前。凯普莱特家中厅堂

【凯普莱特夫人及乳媪上。

凯普莱特夫人　奶妈，把这串钥匙拿去，再拿一点儿香料来。

乳媪　点心房里在喊着要枣子和榅桲呢。

【凯普莱特上。

凯普莱特　来，赶紧点儿，赶紧点儿！鸡已经叫了第二次，晚钟已经打过，到三点钟了。好安吉丽加，当心看看肉饼有没有烤焦。多花几个钱没有关系。

乳媪　走开，走开，女人家的事用不着您多管；快去睡吧，今天忙了一个晚上，明天又要害病了。

凯普莱特　不，哪儿的话！嘿，我为了没要紧的事，也曾经整夜不睡，几曾害过病？

凯普莱特夫人　对啦，你从前也是惯偷女人的夜猫儿，可是现在我却不放你出去胡闹啦。（凯普莱特夫人及乳媪下）

凯普莱特　真是个醋娘子！真是个醋娘子！

【三四个仆人持炙叉、木柴及篮子上。

凯普莱特　喂，这是什么东西？

仆甲　老爷，都是拿去给厨子的，我也不知道是什么东西。

凯普莱特　赶紧点儿，赶紧点儿。（仆甲下）喂，木头要拣干燥点儿的，你去问彼得，他可以告诉你什么地方有。

仆乙　老爷，我自己也长着眼睛会拣木头，用不着麻烦彼得。（下）

凯普莱特　嘿，倒说得有理，这个淘气的小杂种！嗳哟！天已经亮了，伯爵就要带着乐工来了，他说过的。（内乐声）我听见他已经走近了。奶妈！妻子！喂，喂！喂，奶妈呢？

【乳媪重上。

凯普莱特　快去叫朱丽叶起来，把她打扮打扮。我要去跟帕里斯谈天去了。快去，快去，赶紧点儿，新郎已经来了，赶紧点儿！（各下）

第五场 同前。朱丽叶的卧室

【乳媪上。

乳媪 小姐！喂，小姐！朱丽叶！她准是睡熟了。喂，小羊！喂，小姐！哼，你这懒丫头！喂，亲亲！小姐！心肝！喂，新娘！怎么！一声也不响？现在尽你睡去，尽你睡一个星期，到今天晚上，帕里斯伯爵可不让你安安静静休息一会儿了。上帝饶恕我，阿门，她睡得多熟！我必须叫她醒来。小姐！小姐！小姐！好，让那伯爵自己到你床上来吧，那时你可要吓得跳起来了，是不是？怎么！衣服都穿好了，又重新睡下吗？我必须把你叫醒。小姐！小姐！小姐！嗳哟！嗳哟！救命！救命！我的小姐死了！嗳哟！我还活着做什么！喂，拿一点儿酒来！老爷！太太！

> 奶妈发现朱丽叶已死。

【凯普莱特夫人上。

凯普莱特夫人 吵什么？

乳媪 嗳哟，好伤心啊！

凯普莱特夫人 什么事？

乳媪 瞧，瞧！嗳哟，好伤心啊！

凯普莱特夫人 嗳哟，嗳哟！我的孩子，我的唯一的生命！醒来！睁开你的眼睛来！你死了，叫我怎么活得下去？救命！救命！大家来啊！

【凯普莱特上。

> "让我瞧瞧"，多么让人心寒的几个字。老凯普莱特在听到女儿死讯的第一反应不是悲伤，而是要先确认。可是，谁会拿小姐的死亡跟主人开玩笑呢？

凯普莱特 还不送朱丽叶出来！她的新郎已经来啦。

乳媪 她死了，死了，她死了！嗳哟，伤心啊！

凯普莱特夫人 唉！她死了，她死了，她死了！

凯普莱特 嘿！让我瞧瞧。嗳哟！她身上冰冷的；她的血液已经停止不流，她的手脚都硬了；她的嘴唇里已经没有了生命的气息；死像一阵未秋先降的寒霜，摧残了这一朵最鲜嫩的娇花。

乳媪　嗳哟，好伤心啊！

凯普莱特夫人　嗳哟，好苦啊！

凯普莱特　死神夺去了我的孩子，他使我悲伤得说不出话来。

【劳伦斯神父、帕里斯及乐工等上。

劳伦斯　来，新娘有没有预备好上教堂去？

凯普莱特　她已经预备动身，可是这一去再不回来了。啊，贤婿！死神已经在你新婚的前夜降临到你妻子的身上。她躺在那里，像一朵被他摧残了的鲜花。死神是我的新婿，是我的后嗣，他已经娶走了我的女儿。我也快要死了，把我的一切都传给他；我的生命财产，一切都是死神的！

帕里斯　难道我眼巴巴望到天明，却让我看见这一个凄惨的情景吗？

凯普莱特夫人　倒霉的、不幸的、可恨的日子，永无休止的时间的运行中的一个顶悲惨的时辰！我就生了这一个孩子，这一个可怜的疼爱的孩子，她是我唯一的宝贝和安慰，现在却被残酷的死神从我眼前夺去啦！

乳媪　好苦啊！好苦的、好苦的、好苦的日子啊！我这一生一世里顶伤心的日子！顶凄凉的日子！嗳哟，这个日子！这个可恨的日子！从来不曾见过这样倒霉的日子！好苦的、好苦的日子啊！

帕里斯　最可恨的死，你欺骗了我，杀害了她，拆散了我们的良缘，一切都被残酷的、残酷的你破坏了！啊！爱人！啊，我的生命！没有生命，只有被死亡吞噬了的爱情！

凯普莱特　悲痛的命运，为什么你要来打破、打破我们的盛礼？儿啊！儿啊！我的灵魂，你死了！你已经不是我的孩子了！死了！唉！我的孩子死了，我的快乐也随着我的孩

与其他人相比，老凯普莱特的伤心始终围绕着女儿的婚礼，在他眼里，婚礼的失败比女儿的死亡更让其难过。

子埋葬了！

劳伦斯　静下来！不害羞吗？你们这样乱哭乱叫是无济于事的。上天和你们共有着这一个好女儿；现在她已经完全属于上天所有，这是她的幸福，因为你们不能使她的肉体避免死亡，上天却能使她的灵魂得到永生。你们竭力替她找寻一个美满的前途，因为你们的幸福是寄托在她的身上；现在她高高地升上云中去了，你们却为她哭泣吗？啊！你们瞧着她享受最大的幸福，却这样发疯一样号啕叫喊，这可以算是真爱你们的女儿吗？活着，嫁了人，一直到老，这样的婚姻有什么乐趣呢？在年轻时候结了婚而死去，才是最幸福不过的。揩干你们的眼泪，把你们的香花散布在这美丽的尸体上，按照习惯，把她穿着盛装的躯体抬到教堂里去。愚痴的天性虽然使我们伤心痛哭，可是在理智眼中，这些天性的眼泪却是可笑的。

凯普莱特　我们本来为了喜庆预备好的一切，现在都要变成悲哀的殡礼；我们的乐器要变成忧郁的丧钟，我们的婚筵要变成凄凉的丧席，我们的赞美诗要变成沉痛的挽歌，新娘手里的鲜花要放在坟墓中殉葬，一切都要相反而行。

劳伦斯　凯普莱特先生，您进去吧；夫人，您陪他进去；帕里斯伯爵，您也去吧；大家准备送这具美丽的尸体下葬。上天的愤怒已经降临在你们身上，不要再违拂他的意旨，招致更大的灾祸。（凯普莱特夫妇、帕里斯、劳伦斯同下）

乐工甲　真的，咱们也可以收起笛子走啦。

乳媪　啊！好兄弟们，收起来吧，收起来吧；这真是一场伤心的横祸！（下）

乐工甲　唉，我巴不得这事有什么办法补救才好。

【彼得上。

彼得　乐工！啊！乐工，《心里的安乐》，《心里的安乐》！啊！替我奏一曲《心里的安乐》，否则我要活不下去了。

乐工甲　为什么要奏《心里的安乐》呢？

彼得　啊！乐工，因为我的心在那里唱着《我心里充满了忧伤》。啊！替我奏一支快活的歌儿，安慰安慰我吧。

乐工甲　不奏不奏，现在不是奏乐的时候。

彼得　那么你们不奏吗？

乐工甲　不奏。

彼得　那么我就给你们——

乐工甲　你给我们什么？

彼得　我可不给你们钱，哼！我要给你们一顿骂；我骂你们是一群卖唱的叫花子。

乐工甲　那么我就骂你是个下贱的奴才。

彼得　那么我就把奴才的刀搁在你们的头颅上。我决不含糊：不是高音，就是低调，你们听见了吗？

乐工甲　什么高音低调，你倒还懂得这一套。

乐工乙　且慢，君子动口，小人动手。

彼得　好，那么让我用舌剑唇枪杀得你们抱头鼠窜。有本领的，回答我这一个问题：

> 抱头鼠窜：形容急忙逃走的狼狈相。

【悲哀伤痛着心灵，

忧郁萦绕在胸怀，

唯有音乐的银声

　　——为什么说"银声"？为什么说"音乐的银声"？西门·凯特林，你怎么说？

乐工甲　因为银子的声音很好听。

彼得　说得好！休·利培克，你怎么说？

乐工乙　因为乐工奏乐的目的，是想人家赏他一些银子。

彼得　说得好！詹姆士·桑德普斯特，你怎么说？

乐工丙　不瞒你说，我可不知道应当怎么说。

彼得　啊！对不起，你是只会唱唱歌的。我替你说了吧：因为乐工尽管奏乐奏到老死，也换不到一些金子。

> 【唯有音乐的银声，
>
> 可以把烦闷推开。（下）

乐工甲　真是个讨厌的家伙！

乐工乙　该死的奴才！来，咱们且慢回去，等吊客来的时候吹奏两声，吃他们一顿饭再走。（同下）

彼得与乐工的对话无非是借以打破紧张的空气而已。

鲜花因它的娇艳芬芳而吸引人，秀竹因它的卓然挺立而折服人，爱情因它的凄婉而打动人。一切美好的事物都有其亮点，而爱情的美好有时会让人百转千回，悲痛不已。

朱丽叶的突然离世，让所有人都陷入了痛苦的深渊。它像风一样飘进了罗密欧的耳朵。可怜的他顿觉五雷轰顶，疯狂地咒骂不公的命运，抱着求死的心回到自己美丽新娘的身旁。

仿佛是上天有意的安排，其中的生死玄机始终无法让相爱的人知晓，最后的景象让人惨不忍睹。当神父道出其中的真相时，两个累世宿怨的家庭终于在子女的热血中冰释前嫌，而维罗纳城的两尊雕像似乎在诉说一个千古不变的主题。

第一场　曼多亚。街道

【罗密欧上。

罗密欧　要是梦寐中的幻景果然可以代表真实，那么我的梦预兆着将有好消息到来。我觉得心君宁恬，整日里有一种前所没有的精神，用快乐的思想把我从地面上飘扬起来。我梦见我的爱人来看见我死了——奇怪的梦，一个死人也会思想！——她吻着我，把生命吐进了我的嘴唇里，于是我复活了，并且成为一个君王。唉！仅仅是爱的影子，已经给人这样丰富的欢乐，要是能占有爱的本身，那该有多么甜蜜！

【鲍尔萨泽上。

罗密欧　从维罗纳来的消息！啊，鲍尔萨泽！不是神父叫你带信来给我吗？我的爱人怎样？我父亲好吗？我再问你一遍，我的朱丽叶安好吗？因为只要她安好，一定什么都是

罗密欧时时刻刻地惦念着朱丽叶。同时，他的梦也预示着不祥的现实。

好好的。

鲍尔萨泽　那么她是安好的，什么都是好好的；她的身体长眠在凯普莱特家的坟茔里，她的不死的灵魂和天使们在一起。我看见她下葬在她亲族的墓穴里，所以立刻飞马前来告诉您。啊，少爷！恕我带了这恶消息来，因为这是您吩咐我做的事。

罗密欧　有这样的事！命运，我咒诅你！——你知道我的住处。给我买些纸笔，雇下两匹快马，我今天晚上就要动身。

鲍尔萨泽　少爷，请您宽心一下。您的脸色惨白而仓皇，恐怕是不吉之兆。

罗密欧　胡说，你看错了。快去，把我叫你做的事赶快办好。神父没有叫你带信给我吗？

鲍尔萨泽　没有，我的好少爷。

罗密欧　算了，你去吧，把马匹雇好了，我就来找你。(鲍尔萨泽下) 好，朱丽叶，今晚我要睡在你的身旁。让我想个办法。啊，罪恶的念头！你会多么快钻进一个绝望者的心里！我想起了一个卖药的人，他的铺子就开设在附近，我曾经看见他穿着一身破烂的衣服，皱着眉头在那儿拣药草；他的身材十分消瘦，贫苦把他熬煎得只剩一把骨头；他的寒碜的铺子里挂着一只乌龟，一头剥制的鳄鱼，还有几张形状丑陋的鱼皮；他的架子上稀疏地散放着几只空匣子、绿色的瓦罐、一些胞囊和发霉的种子、几段包扎的麻绳，还有几块陈年的干玫瑰花，作为聊胜于无的点缀。看到这一种寒酸的样子，我就对自己说，在曼多亚城里，谁出卖了毒药是会立刻处死的，可是倘有谁现在需要毒药，这儿有一个可怜的奴才会卖给他。啊！不料我这一个思想，竟会预兆着我自己的需要，这个穷汉的毒药却要卖给我。我记得这里就是他的铺子。今

初得朱丽叶死讯的罗密欧如五雷轰顶，他在绝望之余很自然地想到了殉情。

读此处，要仔细揣摩罗密欧的语言和心理，体会他痛失爱人的悲惨心境和一心求死的情绪。

天是假日，所以这叫花子没有开门。喂！卖药的！

【卖药人上。

　　卖药人　谁在高声叫喊？

　　罗密欧　过来，朋友。我瞧你很穷，这儿是四十块钱，请你给我一点儿能够迅速致命的毒药，厌倦于生命的人一服下去便会散入全身的血管，立刻停止呼吸而死去，就像火药从炮膛里放射出去一样快。

　　卖药人　这种致命的毒药我是有的，可是曼多亚的法律严禁出卖，出卖的人是要处死刑的。

　　罗密欧　难道你这样穷苦，还怕死吗？饥寒的痕迹刻在你的面颊上，贫乏和迫害在你的眼睛里射出了饿火，轻蔑和卑贱重压在你的背上；这世界不是你的朋友，这世间的法律也保护不到你，没有人为你定下一条法律使你富有；那么你何必苦耐着贫穷呢？违犯了法律，把这些钱收下吧。

　　卖药人　我的贫穷答应了你，可是那是违反我的良心的。

　　罗密欧　我的钱是给你的贫穷，不是给你的良心的。

　　卖药人　把这一服药放在无论什么饮料里喝下去，即使你有二十个人的气力，也会立刻送命。

　　罗密欧　这儿是你的钱，那才是害人灵魂的更坏的毒药，在这万恶的世界上，它比你那些不准贩卖的微贱的药品更会杀人；你没有把毒药卖给我，是我把毒药卖给你。再见，买些吃的东西，把你自己喂得胖一点儿。——来，你不是毒药，你是替我解除痛苦的仙丹，我要带着你到朱丽叶的坟上去，少不得要借重你一下哩。（各下）

罗密欧用穷苦劝说卖药人把毒药卖给他。

罗密欧买了毒药，急于要自尽，可见他的不慎重，欠思量。

第二场　维罗纳。劳伦斯神父的寺院

【约翰神父上。

　　约翰　喂！师兄在哪里？

【劳伦斯神父上。

劳伦斯　这是约翰师弟的声音。欢迎你从曼多亚回来！罗密欧怎么说？要是他的意思在信里写明，那么把他的信给我吧。

约翰　我临走的时候，因为要找一个同门的师弟做我的同伴，他正在这城里访问病人，不料给本地巡逻的人看见了，疑心我们走进了一家染着瘟疫的人家，把门封锁住了，不让我们出来，所以耽误了我的曼多亚之行。

劳伦斯　那么谁把我的信送去给罗密欧了？

约翰　我没有法子把它送出去，现在我又把它带回来了，因为他们害怕瘟疫传染，也没有人愿意把它送还给你。

劳伦斯　糟了！这封信不是等闲，十分重要，把它耽误下来，也许会引起极大的灾祸。约翰师弟，你快去给我找一柄铁锄，立刻带到这儿来。

约翰　好师兄，我去给你拿来。（下）

劳伦斯　现在我必须独自到墓地里去；在这三小时之内，朱丽叶就会醒来，她因为罗密欧不曾知道这些事情，一定会责怪我。我现在要再写一封信到曼多亚去，让她留在我的寺院里，直等罗密欧到来。可怜的没有死的尸体，幽闭在一座死人的坟墓里！（下）

第三场　同前。凯普莱特家坟茔所在的墓地

【帕里斯及侍童携鲜花火炬上。

帕里斯　孩子，把你的火把给我。走开，站在远远的地方。还是灭了吧，我不愿给人看见。你到那边的紫杉树底下直躺下来，把你的耳朵贴着中空的地面，地下挖了许多墓穴，土是松的，要是有踉跄的脚步走到坟地上来，你准听得见。要是听见有什么声息，便吹一个口哨通知我。把那些花给我。照我的话去做，走吧。

踉跄(liàng qiàng)：形容走路不稳。

侍童　（旁白）我简直不敢独自一个人站在这墓地上，可是我要硬着头皮试一下。（退后）

帕里斯　这些鲜花替你铺盖新床；

惨啊，一朵娇红永委沙尘！

我要用沉痛的热泪淋浪，

和着香水浇灌你的芳坟；

夜夜到你墓前散花哀泣，

这一段相思啊永无消歇！（侍童吹口哨）

这孩子在警告我有人来了。哪一个该死的家伙在这晚上到这儿来打扰我在爱人墓前的凭吊？什么！还拿着火把来吗？——让我躲在一旁看看他的动静。（退后）

【罗密欧及鲍尔萨泽持火炬锹锄等上。

罗密欧　把那锄头跟铁钳给我。<u>且慢，拿着这封信；等天一亮，你就把它送给我的父亲。</u>把火把给我。听好我的吩咐，无论你听见什么瞧见什么，都只能远远地站着不许动，免得妨碍我的事情；要是动一动，我就要你的命。我所以要跑到这个坟墓里去，一部分的原因是要探望探望我的爱人，可是主要的理由却是要从她的手指上取下一个宝贵的指环，因为我有一个很重要的用途。所以你赶快给我走开吧；要是你不相信我的话，胆敢回来窥伺我的行动，那么，我可以对天发誓，我要把你的骨骼一节一节扯下来，让这饥饿的墓地上散满了你的肢体。我现在的心境非常狂野，比饿虎或是咆哮的怒海都要凶猛无情，你可不要惹我性起。

鲍尔萨泽　少爷，我走就是了，决不来打扰您。

罗密欧　这才像个朋友。这些钱你拿去，愿你一生幸福。再会，好朋友。

鲍尔萨泽　（旁白）虽然这么说，我还是要躲在附近的地方看着他；他的脸色使我害怕，我不知道他究竟打算做出什么事来。（退后）

罗密欧　你无情的泥土，吞噬了世上最可爱的人儿，我

帕里斯来向朱丽叶献花，可见他对朱丽叶的感情颇深。

罗密欧此时悲恸欲绝，但他还很理智，虽然欲死但也要把他与朱丽叶的爱情告知自己的父母。

要擘开你的馋吻，（将墓门撬开）索性让你再吃一个饱！

帕里斯 这就是那个已经放逐出去的骄横的蒙太古，他杀死了我爱人的表兄，据说她就是因为伤心他的惨死而夭亡的。现在这家伙又要来盗尸掘墓了，待我去抓住他。（上前）万恶的蒙太古！停止你的罪恶的工作，难道你杀了他们还不够，还要在死人身上发泄你的仇恨吗？该死的凶徒，赶快束手就捕，跟我见官去！

罗密欧 我果然该死，所以才到这儿来。年轻人，不要激怒一个不顾死活的人，快快离开我走吧。想想这些死了了的人，你也该胆寒了。年轻人，请你不要激起我的怒气，使我再犯一次罪；<u>啊，走吧！我可以对天发誓，我爱你远过爱我自己，因为我来此的目的，就是要跟自己作对。</u>别留在这儿，走吧；好好留着你的活命，以后也可以对人家说，是一个疯子发了慈悲，叫你逃走的。

帕里斯 我不听你这种鬼话，你是一个罪犯，我要逮捕你。

罗密欧 你一定要激怒我吗？那么好，来，朋友！（二人格斗）

侍童 哎哟，主啊！他们打起来了，我去叫巡逻的人来！（下）

帕里斯 （倒下）啊，我死了！——你倘有几分仁慈，打开墓门来，把我放在朱丽叶的身旁吧！（死）

罗密欧 好，我愿意成全你的志愿。让我瞧瞧他的脸。啊，茂丘西奥的亲戚，尊贵的帕里斯伯爵！当我们一路上骑马而来的时候，我的仆人曾经对我说过几句话，那时我因为心绪烦乱，没有听得进去。他说些什么？好像他告诉我说帕里斯本来预备娶朱丽叶为妻。他不是这样说吗？还是我做过这样的梦？或者还是我神经错乱，听见他说起朱丽叶的名字，

帕里斯并不知罗密欧是来殉情的，他认为罗密欧只是一个罪恶的凶徒，前来发泄仇恨。

罗密欧对帕里斯说的是心里话，他无心伤害任何人，只想一心求死，追随自己的爱人。

罗密欧与帕里斯决斗，只是将他看作自我毁灭的障碍。

所以产生了这一种幻想？啊！把你的手给我，你我都是登录在厄运的黑册上的人，我要把你葬在一个胜利的坟墓里；一个坟墓吗？啊，不！被杀害的少年，这是一个灯塔，因为朱丽叶睡在这里，她的美貌使这一个墓窟变成一座充满着光明的欢宴的华堂。死了的人，躺在那儿吧，一个死了的人把你安葬了。（将帕里斯放下墓中）人们临死的时候，往往反会觉得心中愉快，旁观的人便说这是死前的一阵回光返照；啊！这也就是我的回光返照吗？啊，我的爱人！我的妻子！死虽然已经吸去了你呼吸中的芳蜜，却还没有力量摧残你的美貌；你还没有被他征服，你的嘴唇上、面庞上，依然显着红润的美艳，不曾让灰白的死亡进占。提伯尔特，你也裹着你的血淋淋的殓衾躺在那儿吗？啊！你的青春葬送在你仇人的手里，现在我来替你报仇了，我要亲手杀死那杀害你的人。原谅我吧，兄弟！啊！亲爱的朱丽叶，你为什么仍然这样美丽？难道那虚无的死亡，那枯瘦可憎的妖魔，也是个多情种子，所以把你藏匿在这幽暗的洞府里做他的情妇吗？为了防止这样的事情，我要永远陪伴着你，再不离开这漫漫长夜的幽宫；我要留在这儿，跟你的侍婢——那些蛆虫们，在一起。啊！我要在这儿永久安息下来，从我这厌倦人世的凡躯上挣脱厄运的束缚。眼睛，瞧你的最后一眼吧！手臂，做你最后一次的拥抱吧！嘴唇，啊！你呼吸的门户，用一个合法的吻，跟网罗一切的死亡订立一个永久的契约吧！来，苦味的向导，绝望的领港人，现在赶快把你的厌倦于风涛的船舶向那巉岩上冲撞过去吧！为了我的爱人，我干了这一杯！（饮药）啊！卖药的人果然没有骗我，药性很快地发作了。我就这样在这一吻中死去。（死）

【劳伦斯神父持灯笼、锄、锹自墓地另一端上。

劳伦斯　<u>圣芳济保佑我！我这双老脚今天晚上怎么老是在坟堆里绊来跌去的！那边是谁？</u>

神父终于出现，多么希望他能挽救两个无辜的年轻人。可见，作者对情节设计的严谨。

鲍尔萨泽　是一个朋友，也是一个跟您熟识的人。

劳伦斯　祝福你！告诉我，我的好朋友，那边是什么火把，向蛆虫和没有眼睛的骷髅浪费着它的光明？照我辨认起来，那火把亮着的地方，似乎是凯普莱特家里的坟茔。

鲍尔萨泽　正是，神父。我的主人，您的好朋友，就在那儿。

劳伦斯　他是谁？

鲍尔萨泽　罗密欧。

劳伦斯　他来多久了？

鲍尔萨泽　足足半点钟。

劳伦斯　陪我到墓穴里去。

鲍尔萨泽　我不敢，神父。我的主人不知道我还没有走；他曾经对我严词恐吓，说要是我留在这儿窥伺他的动静，就要把我杀死。

劳伦斯　那么你留在这儿，让我一个人去吧。恐惧降临到我的身上；啊！我怕会有什么不幸的祸事发生。

鲍尔萨泽　当我在这株紫杉树底下睡过去的时候，我梦见我的主人跟另外一个人打架，那个人被我的主人杀了。

劳伦斯　（趋前）罗密欧！嗳哟！嗳哟！这坟墓的石门上染着些什么血迹？在这安静的地方，怎么横放着这两柄无主的血污的刀剑？（进墓）罗密欧！啊，他的脸色这么惨白！还有谁？什么！帕里斯也躺在这儿，浑身浸在血泊里？啊！多么残酷的时辰，造成了这场凄惨的意外！那小姐醒了。（朱丽叶醒）

朱丽叶　啊，善心的神父！我的夫君呢？我记得很清楚我应当在什么地方，现在我正在这地方。我的罗密欧呢？（内喧声）

劳伦斯　我听见有什么声音。小姐，赶快离开这个密布着毒氛腐臭的死亡的巢穴吧，一种我们所不能反抗的力量已

神父预感到不幸的祸事或许已经发生了。

经阻挠了我们的计划。来，出去吧。你的丈夫已经在你的怀中死去；帕里斯也死了。来，我可以替你找一处地方出家做尼姑。不要耽误时间盘问我，巡夜的人就要来了。来，好朱丽叶，去吧。（内喧声又起）我不敢再等下去了。

朱丽叶　去，你去吧！我不愿意走。（劳伦斯下）这是什么？一只杯子，紧紧地握在我的忠心的爱人的手里？我知道了，一定是毒药结果了他的生命。唉，冤家！你一起喝干了，不留下一滴给我吗？我要吻着你的嘴唇，也许这上面还留着一些毒液，可以让我当作兴奋剂服下而死去。（吻罗密欧）你的嘴唇还是温暖的！

巡丁甲　（在内）孩子，带路；在哪一个方向？

朱丽叶　啊，人声吗？那么我必须快一点儿了结。啊，好刀子！（攫住罗密欧的匕首）这就是你的鞘子；（以匕首自刺）你插了进去，让我死了吧。（扑在罗密欧身上死去）

【巡丁及帕里斯侍童上。

侍童　就是这儿，那火把亮着的地方。

巡丁甲　地上都是血；你们几个人去把墓地四周搜查一下，看见什么人就抓起来。（若干巡丁下）好惨！伯爵被人杀了躺在这儿，朱丽叶胸口流着血，身上还是热热的，好像死了不久，虽然她已经葬在这里两天了。去，报告亲王，通知凯普莱特家里，再去把蒙太古家里的人也叫醒了，剩下的人到各处搜搜。（若干巡丁续下）我们看见这些惨事发生在这个地方，可是在没有得到人证以前，却无法明了这些惨事的真相。

【若干巡丁率鲍尔萨泽上。

巡丁乙　这是罗密欧的仆人，我们看见他躲在墓地里。

巡丁甲　把他好生看押起来，等亲王来审问。

朱丽叶醒来，见罗密欧已服毒自杀，她不愿同神父离开，拔剑自杀。

【若干巡丁率劳伦斯神父上。

因慌乱而逃出了墓穴的神父被抓了回来，因为只有他才能告诉大家真相。

巡丁丙　我们看见这个教士从墓地旁边跑出来，神色慌张，一边叹气一边流泪，他手里还拿着锄头铁锹，都给我们拿下来了。

巡丁甲　他有很重大的嫌疑，把这教士也看押起来。

【亲王及侍从上。

亲王　什么祸事在这样早的时候发生，打断了我的清晨的安睡？

【凯普莱特、凯普莱特夫人及余人等上。

凯普莱特　外边这样乱叫乱喊，是怎么一回事？

凯普莱特夫人　街上的人们有的喊着罗密欧，有的喊着朱丽叶，有的喊着帕里斯；大家沸沸扬扬地向我们家里的坟上奔去。

沸沸扬扬：像沸腾的水一样喧闹，多形容议论纷纷。

亲王　这么多人为什么发出这样惊人的叫喊？

巡丁甲　王爷，帕里斯伯爵被人杀死了躺在这儿；罗密欧也死了；已经死了两天的朱丽叶，身上还热着，又被人重新杀死了。

亲王　用心搜寻，把这场万恶的杀人命案的真相调查出来。

巡丁甲　这儿有一个教士，还有一个被杀的罗密欧的仆人，他们都拿着掘墓的器具。

凯普莱特　天啊！——啊，妻子！瞧我们的女儿流着这么多的血！这把刀弄错了地方了！瞧，它的空鞘子还在蒙太古家小子的背上，它却插进了我的女儿的胸前！

凯普莱特夫人　嗳哟！这些死的惨相就像惊心动魄的钟声，警告我这风烛残年，快要不久于人世了。

风烛残年：比喻随时可能死亡的晚年。

【蒙太古及余人等上。

亲王　来，蒙太古，你起来虽然很早，可是你的儿子倒下得更早。

蒙太古　唉！殿下，我的妻子因为悲伤小儿的远逐，已经在昨天晚上去世了；还有什么祸事要来跟我这老头子作对呢？

亲王　瞧吧，你就可以看见。

蒙太古　啊，你这不孝的东西！你怎么可以抢在你父亲的前面，自己先钻到坟墓里去呢？

亲王　暂时停止你们的悲恸，让我把这些可疑的事实审问明白，知道了详细的原委以后，再来领导你们放声一哭吧；也许我的悲哀还要远远胜过你们呢！——把嫌疑犯带上来。

劳伦斯　时间和地点都可以做不利于我的证人。在这场悲惨的血案中，我虽然是一个能力最薄弱的人，但却是嫌疑最重的人。我现在站在殿下的面前，一方面要供认我自己的罪过，一方面也要为我自己辩解。

亲王　那么快把你所知道的一切说出来。

劳伦斯　我要把经过的情形尽量简单地叙述出来，因为我的短促的残生还不及一段冗繁的故事那么长。死了的罗密欧是死了的朱丽叶的丈夫，她是罗密欧的忠心的妻子，他们的婚礼是由我主持的。就在他们秘密结婚的那天，提伯尔特死于非命，这位才做新郎的人也从这城里被放逐出去；朱丽叶是为了他，不是为了提伯尔特，才那样伤心憔悴。你们因为要替她解除烦恼，把她许婚给帕里斯伯爵，还要强迫她嫁给他，她就跑来见我，神色慌张地要我替她想个办法避免这第二次的结婚，否则她要在我的寺院里自杀。所以我就根据我的医药方面的学识，给她一服安眠的药水；它果然发生了我所预期的效力，她一服下去就像死了一样昏睡过去。同时我写信给罗密欧，叫他就在这一个悲惨的晚上到这儿来，帮

真相终于大白于天下。神父怀着内疚的心情诉说着这不幸的爱情历程。

助把她搬出她寄寓的坟墓，因为药效一到时候便会过去。可是替我带信的约翰神父却因遭到意外，不能脱身，昨天晚上才把我的信依然带了回来。那时我只好按照预先算定她醒来的时间，一个人前去把她从她家族的墓茔里带出来，预备把她藏匿在我的寺院里，等方便时再去叫罗密欧来；不料我在她醒来以前几分钟到这儿来的时候，尊贵的帕里斯和忠诚的罗密欧已经双双惨死了。她一醒过来，我就请她出去，劝她安心忍受这一种出自天意的变故；可是那时我听见了纷纷的人声，吓得逃出了墓穴，她在万分绝望之中不肯跟我去，看样子她是自杀了。这是我所知道的一切，至于他们两人的结婚，她的乳母也是与闻的。要是这一场不幸的惨祸，是由我的疏忽所造成，那么我这条老命愿受最严厉的法律的制裁，请您让它提早几点钟牺牲了吧。

亲王　我一向知道你是一个道行高尚的人。罗密欧的仆人呢？他有什么话说？

这封信很重要，它是揭露真相的一个有力证据。

鲍尔萨泽　我把朱丽叶的死讯通知了我的主人，因此他从曼多亚急急地赶到这里，到了这座坟堂的前面。这封信他叫我一早送去给我家老爷；当他走进墓穴里的时候，他还恐吓我，说要是我不离开他赶快走开，他就要杀死我。

亲王　把那封信给我，我要看看。叫巡丁来的那个伯爵的侍童呢？喂，你的主人到这地方来做什么？

侍童　他带了花来散在他夫人的坟上，他叫我站得远远的，我就听他的话；不一会儿工夫，来了一个拿着火把的人把坟墓打开了。后来我的主人就拔剑跟他打了起来，我就奔去叫巡丁。

亲王　这封信证实了这个神父的话，讲起他们恋爱的经过和她的去世的消息；他还说他从一个穷苦的卖药人手里买到一种毒药，要把它带到墓穴里来准备和朱丽叶长眠在一起。

这两家仇人在哪里？——凯普莱特！蒙太古！瞧你们的仇恨已经受到了多大的惩罚，上天假手于爱情，夺去了你们心爱的人；我因为忽视你们的争执，也已经丧失了一双亲戚，大家都受到惩罚了。

凯普莱特　啊，蒙太古大哥！把你的手给我；这就是你给我女儿的一份聘礼，我不能再做更大的要求了。

蒙太古　但是我可以给你更多的；我要用纯金替她铸一座像，只要维罗纳一天不改变它的名称，任何塑像都不会比忠贞的朱丽叶那一座更为卓越。

凯普莱特　罗密欧也要有一座同样富丽的金像卧在他情人的身旁，这两个在我们的仇恨下惨遭牺牲的可怜的人儿！

亲王　清晨带来了凄凉的和解，太阳也惨得在云中躲闪。大家先回去发几声感慨，该恕的、该罚的再听宣判。古往今来多少离合悲欢，谁曾见这样的哀怨辛酸！（同下）

累积的宿怨终于在痛失爱子爱女的代价下获得冰释。

▌情境赏析▐

　　这对恋人的救星劳伦斯神父又设巧计，给朱丽叶一瓶安眠药，让她以假死来搪塞帕里斯的求婚，拖延时间。不明真相的凯普莱特一家信以为真，伤心地为朱丽叶送葬。也就在同时，劳伦斯神父派人前往曼多亚告诉罗密欧真相，但送信人途中受阻，没能及时把信送到。而罗密欧的仆人已经把朱丽叶的死讯报告给他。罗密欧闻讯，顿时悲痛欲绝，买上毒药，即刻赶到朱丽叶墓地，准备以死殉情。当时，帕里斯伯爵也为刚刚失去新娘而伤心，正守候在朱丽叶的坟前，他看到前来的罗密欧，误以为他要盗墓。于是，两人格斗起来，帕里斯中剑倒下，罗密欧也欣然地喝下毒药，在和朱丽叶的一吻中死去。这时，在墓穴中熟睡的朱丽叶也已醒来。见此情景，朱丽叶毫不犹豫地吻着罗密欧嘴唇残留的毒液，并用罗密欧的匕首直刺自己的胸膛倒在罗密欧身上死去。

　　一对至死不渝的情侣就这样双双殉情而死。当劳伦斯神父把真相告诉大家的时候，老凯普莱特惭愧地握住老蒙太古的手，就这样罗密欧和朱丽叶以死的代价换取了两家的彻底言和，并且用纯金在维罗纳为罗密欧与朱丽叶铸像。这意味着两个年轻人为之献身的理想胜利了。他们将成为未来人们的典范。

名家点评

　　古今中外的经典文学作品，描写爱情生活的多如牛毛，譬如《牡丹亭》《杜十娘怒沉百宝箱》《梁山伯与祝英台》等，从艺术表现的角度讲，各有千秋，《罗密欧与朱丽叶》并不见得高出多少，但这部作品中所充溢着的那种人文主义精神却是许多作品所匮乏或没有的，这就显示了这部作品的思想高度。

——鲁迅

威尼斯商人

人物介绍

夏洛克

他是高利贷资本的代表，是一毛不拔的守财奴。但爱财如命的夏洛克在这场戏的开头却一反常态，不要比借款多几倍的还款，却要一块无用的人肉，可见其心胸狭窄，复仇心极强，一遇机会便要疯狂报复对他不利的人，非要置对手于死地不可，可见其冷酷无情。夏洛克对别人的谩骂反唇相讥，冷静和自信展现得活灵活现。败诉以后，他又想要三倍的还款，贪婪的本性又复原了，守财奴的本相暴露无遗。他是一个不折不扣的恶魔，同时也是一个在基督教社会里受欺侮的犹太人。夏洛克对安东尼奥的报复有合理而又复杂的动机。人们对夏洛克，既鄙夷他的贪婪，憎恨他的残酷，又多少同情他所受的种族压迫和屈辱。

鲍西娅

她是一个富豪贵族的孤女，是个有学问、有修养的新时代女性。她谈吐文雅，又机智勇敢，为了援助丈夫的朋友，女扮男装，作为出庭的法律顾问，判决夏洛克的案件，有胆有识，既维护了法律的尊严，又置恶人于死地，大快人心。

安东尼奥

他是新兴资产阶级的商人，作者对他是有所美化的。作者写他珍重友情，为了朋友而向高利贷者借钱并为此死而无怨。他宽宏大量，面对夏洛克的无耻阴谋，竟逆来顺受；面对死的威胁，他具有古罗马英雄那样临危不惧、视死如归的气概。总之，他身上有正派、重情、温文尔雅等人文主义者为之讴歌的品质。

葛莱西安诺

他嫉恶如仇，易于激动，嬉笑怒骂，敢于斗争，和安东尼奥形成鲜明对比。

巴萨尼奥

见义勇为、重情重义，但不懂得斗争策略，表现得较软弱。

公　爵

稳重、慈祥。

剧中人物

威尼斯公爵

摩洛哥亲王

阿拉贡亲王　　　鲍西娅的求婚者

安东尼奥　　威尼斯商人

巴萨尼奥　　安东尼奥的朋友

葛莱西安诺

萨莱尼奥

萨拉里诺　　安东尼奥和巴萨尼奥的朋友

罗兰佐　　杰西卡的恋人

夏洛克　　犹太富翁

杜伯尔　　犹太人，夏洛克的朋友

朗斯洛特·高波　　小丑，夏洛克的仆人

老高波　　朗斯洛特的父亲

里奥那多　　巴萨尼奥的仆人

鲍尔萨泽

斯丹法　　诺鲍西娅的仆人

鲍西娅　　富家嗣女

尼莉莎　　鲍西娅的侍女

杰西卡　　夏洛克的女儿

威尼斯众士绅、法庭官吏、狱吏、鲍西娅家中的仆人及其他侍从

　　年轻的巴萨尼奥为人比较豪爽仗义，他看中了德才容貌都非同一般的鲍西娅。鲍西娅是一位富豪的遗女，她的父亲临终时留下了奇怪的择婿条件。巴萨尼奥想向她求婚，但是没有钱。热心肠的安东尼奥愿意帮助他，但是他也没有现款，他的钱都压在海上的货物上。无奈之下，他们去找犹太人夏洛克借钱，但是夏洛克提出了一个非常苛刻的条件。这是一个什么条件呢？安东尼奥为了朋友甘愿和夏洛克签订协约吗？让我们一起去看看……

第一场　威尼斯。街道

【安东尼奥、萨拉里诺及萨莱尼奥上。

安东尼奥　真的，我不知道我为什么这样忧郁。这真叫我厌烦。你们说这也让你们觉得厌烦；可是我是怎么染上这种忧郁的呢？怎么发现它、撞上它的呢？这种忧郁究竟是什么玩意儿，它是打哪儿钻出来的？对此，我却全不知道。忧郁已经使我变成了一个傻瓜，我简直有点自己都不明白自己了。

萨拉里诺　您的心是跟着您那些扯着满帆的大船，在海洋上簸荡着呢。它们就像水上的富绅，炫示着它们的豪华，那些随波跳荡的小商船向它们点头敬礼，它们却睬也不睬地扬帆飞驶。

萨莱尼奥　相信我，老兄，要是我也有这么一笔买卖在大洋上，那么这种海外的希望定会使我魂牵梦绕。我一定常

人物一出场就产生悬念，大家从他们的谈话，可以推测安东尼奥的职业和性格。

常拔草观测风吹的方向，在地图上查看港口码头的名字，凡是足以使我担心我的货物的命运的一切事情，不用说都会使我忧愁。

萨拉里诺　当我想到海面上的一阵暴风，将会造成怎样一场灾祸的时候，吹凉我的粥的一口气，也会吹痛我的心。一看见沙漏的时计，我就会想起海边的沙滩，仿佛看见我那艘满载货物的商船栽进沙里，它的高高的桅樯吻着它的葬身之地。要是我到教堂里去，看见那用石头筑成的神圣的殿堂，我怎么会不立刻想起那些危险的礁石？它们只要略微碰一碰我那艘好船的船舷，就会把满船的香料倾泻在水里，让汹涌的波涛披戴着我的绸缎绫罗——方才还是价值连城，一转瞬尽归乌有。要是我想到了这种情形，我怎么会不担心这种事也许果然会发生而忧愁起来呢？不用对我说，我知道安东尼奥是因为想到他的货物而忧愁。

安东尼奥　不，请相信我：感谢我的命运，我的买卖的成败，并不完全寄托在一艘船上，更不是孤注一掷；我的全部财产，也不会因为这一年的盈亏而受到影响。我的货物问题并不能使我忧愁。

萨拉里诺　啊，那么您是坠入情网了。

安东尼奥　嗨！哪儿的话！

萨拉里诺　也不是在恋爱吗？那么我们就说，您因为不快乐，才忧愁；这就像您笑笑跳跳，就说您不忧愁，所以才快乐一样，再简单没有了。凭二脸神雅努斯起誓，<u>老天造下人来，真是无奇不有：有的人老是半睁笑眼，好像鹦鹉对着吹风笛的人一样；有的人终日皱着眉头，即使涅斯托发誓说那笑话很可笑，他也不肯露一露他的牙齿，装出一个笑容来。</u>

【巴萨尼奥、罗兰佐及葛莱西安诺上。

萨莱尼奥　您的一位最尊贵的朋友——巴萨尼奥，跟葛

（左侧批注）

孤注一掷：把所有的钱一下投作赌注，企图最后得胜，比喻在危急时把全部力量拿出来冒一次险。

对比手法，写出人的复杂和多样性，为下文设伏。

莱西安诺、罗兰佐都来了。再见，您现在有了更好的同伴，我们可以少陪啦。

萨拉里诺　倘不是因为您的好朋友来了，我一定要叫您快乐了才走。

安东尼奥　你们的友谊我是十分看重的。照我看来，恐怕还是你们自己有事，才借着这个机会抽身离开的吧？

萨拉里诺　早安，各位老爷。

巴萨尼奥　两位先生，咱们什么时候再聚在一起谈谈笑笑？你们近来跟我越来越疏远了，难道这是必不可免的吗？

萨拉里诺　您什么时候有空，我们一定奉陪。（萨拉里诺、萨莱尼奥下）

罗兰佐　巴萨尼奥老爷，您现在已经找到安东尼奥，我们也要少陪啦，可是请您千万别忘记咱们吃饭的时候在什么地方会面。

巴萨尼奥　我一定不失约。

葛莱西安诺　安东尼奥先生，您的脸色不大好。您太关心俗事了，要知道过犹不及。请相信我，您现在比起从前来可真是判若两人啦。

安东尼奥　葛莱西安诺，我把这世界不过看作一个世界；每一个人必须在这舞台上扮演一个角色，我扮演的是一个悲哀的角色。

葛莱西安诺　让我扮演一个小丑吧，让我在嘻嘻哈哈的欢笑声中渐渐长出苍老的皱纹。宁可酒暖肝肠，不使愁结冰心。为什么一个身体里面流着热血的人，要那么正襟危坐，就像他的祖宗爷爷的石膏像一样呢？明明醒着的时候，为什么偏要像睡去了一般？为什么动不动翻脸生气，把自己气出了一场黄疸病来？我告诉你吧，安东尼奥，我爱你，所以用爱心对你说话：世界上有一种人，他们的脸上装出一副心如

从这些对话你能看出什么气氛？安东尼奥是不是一个朋友很多的人？

过犹不及：事情办得过火，就跟做得不够一样，都是不好的。

对人的分析语言犀利、精辟，使人回味无穷。

止水的神气，故意表示他们的冷静，好让人家称赞他们一声智慧深沉，思想渊博；他们的神气之间，好像说，"我是天使下凡，我要是一张开嘴来，不许有一只狗乱叫！"啊，我的安东尼奥，我看透这一种人，他们只是因为不说话，博得了智慧的名声；可是我可以确定说一句，要是他们说起话来，听见的人谁都会骂他们是傻瓜的。等有机会的时候，我再告诉你关于这种人的笑话吧；可是请你千万别再用悲哀做钓饵，去钓这种无聊的名誉了。来，好罗兰佐。回头见，等我吃完了饭，再来向你结束我的劝告。

罗兰佐　好，咱们在吃饭的时候再见吧。我一定也是他所说的那种装聋作哑的聪明人，因为葛莱西安诺从不让我有说话的机会。

葛莱西安诺　嘿，你只要再跟我两年，就会连你自己说话的声音也听不出来。

安东尼奥　再见，有你这一番话，我会变得能说会道起来。

葛莱西安诺　那就再好没有；只有干牛舌和没人要的老处女，才是应该沉默的。（葛莱西安诺、罗兰佐下）

安东尼奥　确实是这样的——或者说你想怎么样就是怎么样的！

巴萨尼奥　葛莱西安诺比全威尼斯城里无论哪一个人都更会拉上一大堆废话。他的道理就像藏在两桶砻糠里的两粒麦子，你必须费去整天工夫方才能够把它们找到，可是找到了它们以后，你会觉得费这许多气力找它们出来，是一点儿不值得的。

安东尼奥　好，您现在告诉我您发誓要去秘密拜访的那位姑娘的名字吧，您今天答应过要告诉我的。

巴萨尼奥　安东尼奥，您是知道的，我为了维持体面的生活排场，入不敷出地花销，都快倾家荡产了。我现在倒不是在哀叹家道中落；我的最大的烦恼是怎样才可以了清我过去由于铺张浪费而积欠下的重重债务。无论在钱财方面或是友谊方面，安东尼奥，我欠您的债都是顶多的；因为你我交情深厚；我才敢大胆把我心里所打算的怎样了清这一切债务的计划全部告诉您。

安东尼奥　好，巴萨尼奥，请您告诉我吧。只要您的计划跟您向来的立身行事一样光明正大，那么我的钱囊可以让您任意取用，我自己也可以供您驱使。我愿意用我所有的力量，帮助您达到目的。

巴萨尼奥　我在学校里练习射箭的时候，每次把一支箭射得不知去向，便用另一支箭向着同一方向射过去，眼睛看准了它掉在什么地方，这样往往可以把那失去的箭也找回来。所以，我冒了双倍的危险，也就往往有双倍的收获。我提起这一件儿童时代的往事，因为我下面要对您说的话，完全出于一种儿童式的天真。我欠了您很多的债，而且像一个不听话的孩子一样，把借来的钱全都挥霍完了；可是您要是愿意向着您射第一支箭的方向，再把您的第二支箭射过去，那么这一回我一定会把目标看准，即使不把两支箭一起找回来，至少也可以把第二支箭交还给您，让我仍旧对于您先前给我的援助做一个知恩图报的负债者。

莎士比亚善于用比喻说明道理，剧中人物的语言和口气独具风格，请仔细揣摩这种比喻风格。

安东尼奥　您是知道我的为人的，现在您用这种机巧的比喻来试探我的友谊，不过是浪费时间罢了。要是您怀疑我不肯尽力相助，那就要比把我所有的钱一起花掉还要对不起我。所以您只要对我说我应该怎么做，如果您知道那件事是我的力量所能办到的，我一定会乐于效劳。您说吧。

可见安东尼奥慷慨仁厚，淡泊金钱。

巴萨尼奥　在贝尔蒙特有一位富家的嗣女，长得非常美貌，尤其值得称道的，是她有非常卓越的德性。她的双眼有时对我暗送秋波。她的名字叫作鲍西娅，比起古代凯图的女儿、勃鲁托斯的贤妻鲍西娅来，她也毫无逊色。这广大的世界也没有漠视她的优点，四方的风从每一处海岸上带来了声名赫赫的求婚者。她的光亮的长发就像是传说中的金羊毛，引诱着无数的伊阿宋前来追求她。啊，我的安东尼奥！只要我有相当的财力，可以和他们中间的某一个人匹敌，那么我觉得我有充分的把握，一定会实现愿望的。

安东尼奥为了朋友不惜去借钱，表明他对朋友讲义气，尊重友谊。

安东尼奥　你知道我的全部财产都在海上。我现在既没有钱，也没有可以变换一笔现款的货物。所以我们还是去试一试我的信用，看它在威尼斯城里有些什么效力吧。我一定凭着我这一点儿面子，尽力供给你到贝尔蒙特去见那位美貌的鲍西娅。去，我们两人就去分头打听什么地方可以借得到钱，我就用我的信用做担保，或者用我自己的名义给你借下来。

第二场　贝尔蒙特。鲍西娅家中一室

【鲍西娅及尼莉莎上。

鲍西娅　真的，尼莉莎，我这小小的身体已经厌倦了这个广大的世界了。

尼莉莎　好小姐，您的不幸要是跟您的好运气一样大，那么无怪您会厌倦这个世界的；可是照我的愚见看来，吃得太饱的人，跟挨着饿不吃东西的人一样，是会害病的，所以行中庸之道才是最大的幸福：富贵催人生白发，布衣蔬食易长年呀。

鲍西娅　妙语，念得好。

尼莉莎　要是能够照着它去做，那就更好了。

鲍西娅　倘使做一件事情，就跟知道什么事情是应该做的一样容易，那么小教堂都要变成大礼拜堂，穷人的草屋都要变成王侯的宫殿了。言行一致的牧师才算好牧师。我可以教导二十个人，吩咐他们应该做些什么事，可是要我做这二十个人中间的一个，履行我自己的教训，我就要敬谢不敏了。理智可以制定法律来约束感情，可是热情激动起来，就会蔑弃冷酷的法令；年轻人是一只不受拘束的野兔，它会跳过老年人所设立的理智的樊篱。可是我这样大发议论，是不会帮助我选择一个丈夫的。唉，说什么选择！我既不能选择我所中意的人，又不能拒绝我所憎厌的人；一个活着的女儿的意志，却要被一个死了的父亲的遗嘱所钳制。尼莉莎，像我这样不能选择，也不能拒绝，不是太叫人难堪了吗？

尼莉莎　老太爷生前德高望重，大凡有道君子，临终之时，必有神悟。他既然定下这抽签取决的方法，叫谁能够在这金、银、铅三匣之中选中了他预定的一只，便可以跟您匹配成亲，那么能够选中的人，一定是值得您倾心相爱的。可是在这些已经到来向您求婚的王孙公子中间，您对于哪一个最有好感呢？

鲍西娅　请你列举他们的名字，当你提到什么人的时候，我就对他下几句评语；凭着我的评语，你就可以知道我对于他们各人的印象。

尼莉莎　第一个是那不勒斯的亲王。

鲍西娅　嗯，他真是一匹小马。他不讲话则已，讲起话来，老是说他的马怎样怎样，让人感到他最大的本事就是能够替他自己的马装上蹄铁。我很有点儿疑心他母亲跟某位铁匠有过勾搭。

尼莉莎　还有那位巴拉廷伯爵呢？

鲍西娅　他一天到晚皱着眉头，好像说，"你要是不爱我，随你的便。"他听见笑话也不露一丝笑容。我看他年纪轻轻，就这么愁眉苦脸，到老来只好一天到晚痛哭流涕了。我宁愿嫁给一个骷髅，也不愿嫁给这两人中间的任何一个。上帝保佑我不要落在这两个人的手里！

尼莉莎　您说那位法国贵族勒·滂先生怎样？

鲍西娅　既然上帝造下他来，就算他是个人吧。凭良心说，我知道讥笑人家是一桩罪过，可是他！嘿！他的马比那不勒斯亲王那一头好一点儿，他的皱眉头的坏脾气也胜过那位巴拉廷伯爵。什么人的坏处他都有一点儿，可是一点儿没有自己的特色。听见画眉鸟唱歌，他就会手舞足蹈；见了自己的影子，也会跟它比剑。我倘若嫁给他，等于嫁给二十个丈夫。要是他瞧不起我，我会原谅他，因为即使他爱我爱到发狂，我也是永远不会报答他的。

尼莉莎 那么您说那个英国的少年男爵，福根勃立琪呢？

鲍西娅 你知道我没有对他说过什么话，因为我的话他听不懂，他的话我也听不懂。他既不会说拉丁话、法国话，也不会说意大利话，至于我的英国话的程度，你是可以替我出席法庭做证的。他的模样倒还长得不错，可是，唉！谁高兴跟一个哑巴做手势谈话呀？他的装束多么古怪！我想他的紧身衣是在意大利买的，他的长统袜是在法国买的，他的软帽是在德国买的，至于他的行为举止，那是他从四面八方学来的。

尼莉莎 您觉得他的邻居，那位苏格兰贵族怎样？

鲍西娅 他很懂得礼尚往来的睦邻之道，因为那个英国人曾经赏给他一记耳光，他发誓说，一有机会，立即奉还；我想那法国人是他的保人，他已经签署契约，声明将来加倍报偿哩。

尼莉莎 您看那位德国少爷，撒克逊公爵的侄子怎样？

鲍西娅 他在早上清醒的时候，就已经很坏了，一到下午喝醉了酒，尤其坏透。当他顶好的时候，叫他是个人还有点不够资格，当他顶坏的时候，他简直比畜生好不了多少。要是最不幸的祸事降临到我身上，我也希望永远不要跟他在一起。

尼莉莎 要是他要求选择，结果居然给他选中了预定的匣子，那时候您如果拒绝嫁给他，岂不是违背了老太爷的遗命了吗？

鲍西娅 为了预防万一，我要请你替我在错误的匣子上放好一杯满满的莱茵河葡萄酒；要是魔鬼在他的心里，诱惑在他的面前，我相信他一定会选了那一只匣子的。什么事情我都愿意做，尼莉莎，只要不让我嫁给一个酒鬼。

尼莉莎 小姐，您放心吧，您不会嫁给这些贵族中间的任何一个的。他们已经把他们的决心告诉了我，说除了您父亲所规定的用选择匣子决定去取的办法以外，要是他们不能用别的方法取得您的应允，那么他们决定动身回国，不再麻烦您了。

鲍西娅　要是没有人愿意照我父亲的遗命把我娶去，那么即使我长命如西比尔，也只好终身不嫁如狄安娜。我很高兴这一群求婚者都是这么懂事，因为他们中间没有一个人我不是唯望其速去的。求上帝赐给他们一路顺风吧！

尼莉莎　小姐，您还记不记得，当老太爷在世的时候，有一个跟着蒙脱佛拉侯爵到这儿来的文武全才的威尼斯人？

鲍西娅　是的，是的，那是巴萨尼奥，我想这是他的名字。

尼莉莎　正是，小姐。照我这双痴人的眼睛看起来，他是一切男子中间最值得匹配一位佳人的。

鲍西娅　我很记得他，他果然值得你夸奖。

【一仆人上。

鲍西娅　啊！什么事？

仆人　小姐，那四位客人要来向您告别，另外第五位客人摩洛哥亲王差了一个人先来报信，说他今天晚上就要到这儿来了。

鲍西娅　要是我能够竭诚欢迎这第五位客人，就像我竭诚欢送那四位客人一样，那就好了。假如他有圣人般的德性，偏偏生着一副魔鬼样的面貌，那么与其让他做我的丈夫，还不如让他听我的忏悔。来，尼莉莎，前面带路。正是——

垂翅狂蜂方出户，寻芳浪蝶又登门。

第三场　威尼斯。广场

【巴萨尼奥及夏洛克上。

夏洛克　三千块钱，嗯？

巴萨尼奥　是的，大叔，三个月为期。

夏洛克　三个月为期，嗯？

巴萨尼奥　我已经对你说过了，这一笔钱可以由安东尼奥签立借据。

夏洛克　安东尼奥签立借据，嗯？

巴萨尼奥　你愿意帮助我吗？你愿意应承我吗？可不可以让我知道你的答复？

夏洛克　三千块钱，借三个月，安东尼奥签立借据。

巴萨尼奥　你的答复呢？

夏洛克　安东尼奥是个好人。

巴萨尼奥　你有没有听见人家说过他不是个好人？

夏洛克　啊，不，不，不，不。我说他是个好人，我的意思是说他是个有资格的人。可是他的财产却还有些问题：他有一艘商船开到特里坡利斯，另外一艘开到西印度群岛，我在交易所里还听人说起，他有第三艘船在墨西哥，第四艘到英国去了，此外还有遍布在海外各国的买卖。可是船不过是几块木板钉起来的东西，水手也不过是些血肉之躯，岸上有旱老鼠，水里也有水老鼠，陆地有强盗，水里也有强盗，我是说有海盗，还有风波礁石各种危险。不过话虽这么说，他这个人还算有些家底的。三千块钱，我想我可以接受他的契约。

巴萨尼奥　你放心吧，不会有错的。

夏洛克　我一定要放了心才敢把债放出去，所以还是让我再考虑考虑吧。我可不可以跟安东尼奥谈谈？

巴萨尼奥　不知道你愿不愿意陪我们吃一顿饭？

夏洛克　是的，叫我去闻猪肉的味道，吃你们拿撒勒先知把魔鬼赶进去的脏东西的身体！我可以跟你们做买卖、讲交易、谈天散步，以及诸如此类的事情，可是我不能陪你们吃东西喝酒做祷告。交易所里有些什么消息？那边来的是谁？

　　【安东尼奥上。

巴萨尼奥　是安东尼奥先生。

夏洛克　（旁白）他的样子多么像一个摇尾乞怜的税吏！我恨他因为他是个基督徒，可是尤其因为他是个傻子，借钱给人不取利钱，把咱们在威尼斯城里放债这一行的利息都压低了。要是我有一天抓住他的把柄，一定要痛痛快快地向他报复我的深仇宿怨。他憎恶我们神圣的民族，甚至在商人会集的地方当众辱骂我，辱骂我的交易，辱骂我辛辛苦苦赚下来的钱，说那些都是暴利。要是我饶过了他，我们的民族永远没有翻身的日子！

巴萨尼奥　夏洛克，你听见了吗？

夏洛克　我正在估计我手头的现款，照我大概记得起来的数目，要一时凑足三千块钱，恐怕办不到。可是那没有关系，我们族里有一个犹太富翁杜伯尔，可以借给我必要的数目。且慢！您打算借几个月？（向安东尼奥）您好，好先生，哪一阵好风把尊驾吹来啦？

安东尼奥　夏洛克，虽然我跟人家互通有无，从来不讲利息，可是为了我的朋友的急需，这回我要破一次例。（向巴萨尼奥）他有没有知道你需要多少？

夏洛克　嗯，嗯，三千块钱。

安东尼奥　三个月为期。

夏洛克　我倒忘了，正是三个月，（转对巴萨尼奥）您对我说过的。好，您的借据呢？让我瞧一瞧。可是听着，好像您说您借钱不管是向别人借钱还是借钱给别人，都从来不讲利息。

安东尼奥　我从来不讲利息。

夏洛克　当雅各替他的舅父拉班牧羊的时候——这个雅各是我们圣祖亚伯兰的后裔，他的聪明的母亲设计使他做第三代的族长，是的，他是第三代——

安东尼奥　为什么说起他呢？他也是取利息的吗？

夏洛克　不，不是取利息，不是像你们所说的那样直接取利息。听好雅各用些什么手段：拉班跟他约定，生下来的小羊凡是有条纹斑点的，都归雅各所有，作为他的牧羊的酬劳。到晚秋的时候，那些母羊因为淫情发动，跟公羊交合，这个狡猾的牧人就趁着这些毛畜正在进行传种工作的当儿，削好了几根木棒，插在淫浪的母羊的面前，它们这样怀了孕，一到生产的时候，产下的小羊都是有斑纹的，所以都归雅各所有。这是致富的妙法，上帝也祝福他——只要不是偷窃，会打算盘总是好事。

安东尼奥 雅各虽然幸而获中，可是这也是他按约应得的酬报；上天的意旨成全了他，却不是出于他自己的力量。你提起这一件事，是不是要证明取利息是一件好事？还是说金子银子就是你的公羊母羊？

夏洛克 这我倒说不清；我只是叫它像母羊生小羊一样快快生利息。可是先生，您听我说。

安东尼奥 你听，巴萨尼奥，魔鬼也会引证《圣经》来替自己辩护哩。一个指着神圣的名字做证的恶人，就像一个脸带笑容的奸徒，又像一只外观美好中心腐烂的苹果。唉，奸伪的表面是多么动人！

夏洛克 三千块钱，这是一笔可观的整数。一年十二个月中的三个月，让我看看利钱应该有多少。

安东尼奥 好，夏洛克，我们可不可以仰仗你这一次？

夏洛克 安东尼奥先生，好多次您在交易所里骂我，说我盘剥取利，我总是忍气吞声，耸耸肩膀，没有跟您争辩，因为忍受迫害，本来是我们民族的特色。您骂我异教徒、杀人的狗，把唾沫吐在我的犹太长袍上，只因为我用我自己的钱博取几个利息。好，看来现在是您要来向我求助了。您跑来见我，您说："夏洛克，我们要几个钱。"您这样对我说。您曾把唾沫吐在我的胡子上，用您的脚踢我。好像我是您门口的一条野狗一样；现在您却来问我要钱，我应该怎样对您说呢？我要不要这样说："一条狗会有钱吗？一条狗能够借人三千块钱吗？"或者我应不应该弯下身子，像一个奴才似的低声下气、恭恭敬敬地说："好先生，您上星期三将唾沫吐在我身上；有一天您用脚踢我；还有一天您骂我狗；为了报答您的这许多恩典，所以我应该借给您这么些钱吗？"

安东尼奥 我巴不得再这样骂你唾你踢你。要是你愿意把这钱借给我，不要把它当作借给你的朋友，哪儿有朋友之间通融几个臭钱也要斤斤计较地计算利息的道理？你就把它当作借给你的仇人吧，倘使我失了信用，你尽管拉下脸来照约处罚就是了。

夏洛克 哎哟，瞧您生这么大的气！我愿意跟您交个朋友，大家要好好的。您从前加在我身上的种种羞辱，我愿意完全忘掉；您现在需要多少钱，我愿意如数供给您，而且不要您一个子儿的利息；可是您却不愿意听我说下去。我这完全是一片好心哩。

安东尼奥　这倒果然是一片好心。

夏洛克　我要叫你们看看我到底是不是一片好心。跟我去找一个公证人，就在那儿签好了约。我们不妨开个玩笑，在约里写明，要是您不能按照约中所规定的条件，在某日某地还给我一笔某某数目的钱，那您就得随我的意思，在您身上的任何部分割下一磅白肉，作为处罚。

安东尼奥　很好，就这么办吧。我愿意签下这样一张约，还要对人家说这个犹太人的心肠倒不坏呢。

巴萨尼奥　我宁愿安守贫困，也不能让你为了我的缘故签这样的约。

安东尼奥　老兄，你怕什么！我决不会受罚的。就在这两个月之内，离开这约的满期还有一个月，我就可以有十倍这借款的数目进门。

夏洛克　亚伯兰老祖宗啊！瞧这些基督徒因为自己待人刻薄，所以疑心人家也对他们不怀好意。请您告诉我，要是他到期不还，我照着约上规定的条款向他执行处罚了，那对我又有什么好处？从人身上割下来的一磅肉，它的价值可以比得上一磅羊肉、牛肉或是山羊肉吗？我为了要博得他的好感，所以才向他买这样一个交情。要是他愿意接受我的条件，很好，否则也就算了。千万请你们不要误会了我这一番诚意。

安东尼奥　好，夏洛克，我愿意签约。

夏洛克　那么就请您先到公证人的地方等我，告诉他这一张游戏契约怎样写法；我马上就去把钱凑起来，还要回到家里去瞧瞧，让一个不知俭省的奴才看守着门户，有点放心不下。然后我立刻就来瞧您。

安东尼奥　那快去吧，善良的犹太人。（夏洛克下）这犹太人快要变作基督徒了，他的心肠变好多啦。

巴萨尼奥　我不喜欢口蜜腹剑的人。

安东尼奥　好了好了，这又有什么要紧？再过两个月，我的船就要回来了。

▌情境赏析▐

　　威尼斯商人安东尼奥为帮助朋友巴萨尼奥向贝尔蒙特名媛鲍西娅求婚，借犹太高利贷者夏洛克三千元，因妒恨而与安东尼奥存有宿怨的夏洛克便趁机报复，假意不收利息，戏约到期不还，债主有权剜割一磅债务人胸口之肉，并签订了契约。

　　"一磅肉的故事"展现出了安东尼奥与夏洛克之间的矛盾冲突。安东尼奥慷慨大度，仁爱善良，重义轻利；夏洛克则贪婪吝啬，视财如命，自私冷酷。安东尼奥与夏洛克之间的矛盾，在客观上反映出了资本主义早期商业资产阶级与高利贷者之间的矛盾。

▌名家点评▐

　　莎士比亚是时代的灵魂，他不属于一个时代，而属于所有的世纪。

——（英）琼生

　　巴萨尼奥在紧锣密鼓地进行着自己的计划。夏洛克的仆人和女儿相继离开了夏洛克的身边，他们为什么要离开他？摩洛哥王子和阿拉贡亲王在开启匣子的时候都犯下了世人常犯的错误，那就是以外表判断事物。他们将会遵守终身不能向别的少女求婚的誓言吗？巴萨尼奥也开始求见鲍西娅，他的进展顺利吗？请继续关注莎士比亚用优美的文字和丰富的充满智慧的语言描述的动人的情节。

第一场　贝尔蒙特。鲍西娅家中一室

【喇叭吹花腔。摩洛哥亲王率侍从，鲍西娅、尼莉莎及婢仆等同上。

摩洛哥亲王　不要因为我的肤色而憎厌我，我是骄阳的近邻，我这一身黝黑的制服，便是它的威焰的赐予。给我到终年不见阳光、冰山雪柱的北极，找一个最白皙皎好的人来，让我们刺血察验对您的爱情，看看究竟是他的血红还是我的血红。我告诉你，小姐，我这副容貌曾经吓破了勇士的肝胆，可是凭着我的爱情起誓，我们国土里最有声誉的少女也曾为它害过相思。我不愿变更我的肤色，除非为了取得您的欢心，我的温柔的女王！

鲍西娅　讲到选择这一件事，我倒并不单单信赖一双善于挑剔的少女的眼睛，而且我的命运由抽签决定，自己也没有任意去选择的权力。要是我的父亲倘不曾用他的聪明办法把我束缚住，使我只能委身于按照他所规定的方法赢得我的男子，那么您，声名卓著的王子，您的容貌在我的心目之中，并不比我所已经看到的那些求婚者有什么逊色。

摩洛哥亲王　谢谢您这一番话，请您带我去瞧瞧那几个匣子，试一试我的命运吧。凭着这一柄曾经手刃波斯王，并且使一个三次战败苏里曼苏丹的波斯王子授首的宝剑起誓：我要瞪眼吓退世间最狰狞的猛汉，跟全世界最勇武的壮士比赛胆量，从母熊的胸前夺下哺乳的小熊；当一头饿狮咆哮攫食的时候，我要嘲弄它——只为博得你的垂青，小姐。可是，唉！即使像赫拉克勒斯那样的盖世英雄，要是跟他的奴仆赌起骰子来，也许他的运气还不如一个下贱之人。我现在听从着盲目的命运的指挥，也许结果终于失望，眼看着一个不如我的人把我的意中人夺走，而自己在悲哀中死去。

鲍西娅 您必须信任命运，或者死了心放弃选择的尝试，或者当您开始选择以前，先发誓，要是选得不对，终身不再向任何女子求婚；所以还是请您考虑考虑吧。

摩洛哥亲王 我的主意已决，不必考虑了。来，带我去试我的运气吧。

鲍西娅 先去教堂。吃过饭后，您就可以试试您的命运。

摩洛哥亲王 好，但愿走运！不是传为佳话，就是遗臭万年。（奏喇叭；众下）

第二场　威尼斯。街道

【朗斯洛特·高波上。

朗斯洛特 要是我从我的主人这个犹太人的家里逃走，我的良心是一定要责备我的。可是魔鬼拉着我的臂膀，引诱着我，对我说："高波，朗斯洛特·高波，好朗斯洛特，快撒开你的腿儿，跑吧！"我的良心说："不，留心，老实的朗斯洛特。留心，老实的高波。"或者就是这么说："老实的朗斯洛特·高波，别逃跑，用你的脚跟把逃跑的念头踢得远远的。"好，那个大胆的魔鬼却劝我卷起铺盖滚蛋！"去呀！"魔鬼说，"去呀！看在老天的面上，提起勇气来，跑吧！"好，我的良心挽住我心里的脖子，很聪明地对我说："朗斯洛特，我的老实朋友，你是一个老实人的儿子！"——或者还不如说一个老实妇人的儿子，因为我的父亲的确有点儿不大老实，有点儿很丢脸的坏脾气——好，我的良心说："朗斯洛特，别动！"魔鬼说："动！"我的良心说："别动！""良心，"我说，"你说得不错。""魔鬼，"我说，"你说得有理。"要是听良心的话，我就应该留在我的犹太主人家里，上帝恕我这样说，我的主人是一个魔鬼；要是从犹太人的地方逃走，那么我就要听从魔鬼的话，对不住，他本身就是魔鬼。可是我说，那犹太人一定就是魔鬼的化身。凭良心说话，我的良心劝我留在犹太人家里，未免良心太狠。还是魔鬼的话说得像个朋友。我要跑，魔鬼，我的脚跟听从着你的指挥。我一定要逃跑。

　　【老高波携篮上。

　　老高波　年轻的先生，请问一声，到犹太老爷的家里是怎么去的？

　　朗斯洛特　（旁白）天啊！这是我的亲生的父亲，因为他的眼睛差不多瞎了，所以认不出我。待我把他戏弄一下。

　　老高波　年轻的少爷先生，请问一声，到犹太老爷的家里是怎么去的？

　　朗斯洛特　你在转下一个弯的时候，往右手转过去；临了一次转弯的时候，往左手转过去；再下一次转弯的时候，什么手也不用转，曲曲弯弯地转下去，就转到那犹太人的家里了。

　　老高波　哎哟，这条路可不容易走哩！您知道不知道有一个住在他家里的朗斯洛特，现在还在不在他家里？

　　朗斯洛特　你说的是朗斯洛特少爷吗？（旁白）瞧着我吧，现在我要诱他流起眼泪来了——你说的是朗斯洛特少爷吗？

　　老高波　不是什么少爷，先生，他是一个穷人的儿子；他的父亲，不是我说一句，是个老老实实的穷光蛋——多谢上帝，他还活得好好的。

　　朗斯洛特　好，不要管他的父亲是个什么人，咱们讲的是朗斯洛特少爷。

　　老高波　他是您少爷的朋友，他就是叫朗斯洛特。

　　朗斯洛特　对不住，老人家，所以我要问你，你说的是朗斯洛特少爷吗？

　　老高波　是朗斯洛特，少爷。

　　朗斯洛特　所以就是朗斯洛特少爷。老人家，你别提起朗斯洛特少爷啦，因为这位年轻的少爷，根据天命气数鬼神这一类阴阳怪气的说法，是已经去世啦，或者说得明白一点儿，是已经归天啦。

老高波 哎哟，天哪！这孩子是我老年的拐杖，我的唯一的靠傍哩。

朗斯洛特 （旁白）我难道像一根棒儿，或是一根柱子吗？父亲，您不认识我吗？

老高波 唉，我不认识您，年轻的少爷，可是请您告诉我，我的孩子——上帝安息他的灵魂——究竟是活着还是死了？

朗斯洛特 您不认识我吗，父亲？

老高波 唉，少爷，我是个瞎子，我不认识您。

朗斯洛特 哎，真的，您就是眼睛明亮，也许会不认识我，只有聪明的父亲才会认识他自己的儿子。好，老人家，让我告诉您关于您儿子的消息吧。请您给我祝福；真理总会显露出来，杀人的凶手总会给人捉住；儿子虽然会暂时躲了过去，事实到临了总是瞒不过的。

老高波 少爷，请您站起来。我相信您一定不会是朗斯洛特，我的孩子。

朗斯洛特 废话少说，请您给我祝福。我是朗斯洛特，从前是您的孩子，现在是您的儿子，将来也还是您的小子。

老高波 我不能想象您是我的儿子。

朗斯洛特 那我倒不知道应该怎样想法，可是我的确是在犹太人家里当仆人的朗斯洛特，我也相信您的妻子玛葛蕾就是我的母亲。

老高波 她的名字果真是玛葛蕾。你倘若真的就是朗斯洛特，那么你是我的亲生血肉了。如果是这样真该谢谢上帝！瞧！你长了多长的一把胡子啦！你脸上的毛，比我那拖车子的马儿道平尾巴上的毛还多呐！

朗斯洛特 这样看起来，那么道平的尾巴一定是越长越短；我还清楚记得，上一次我看见它的时候，它尾巴上的毛比我脸上的毛多得多哩。

老高波 上帝啊！你变了样子啦！你跟主人合得来吗？我给他带了点儿礼物来了。你们现在合得来吗？

朗斯洛特 嗯，是，是，可是从我自己这一方面讲，我既然已经决定逃跑，那么非到跑走了一程路之后，我是决不会停止下来的。我的主人是个十足的犹太人。给他礼物？还是给他一根上吊的绳子吧。我替他做事情，把身体都饿瘦了；您可以用我的肋骨摸出我的每一根手指来。爸爸，您来了我很高兴。把您的礼物送给一位叫巴萨尼奥的大爷吧，他是会赏漂亮的新衣服给佣人穿的。我要是不能服侍他，我宁愿跑到地球的尽头去。啊，运气真好！正是他来了。到他跟前去，爸爸。我要是再继续服侍这个犹太人，连我自己都要变作犹太人了。

【巴萨尼奥率里奥那多及其他仆人上。】

巴萨尼奥　你们就这样做吧，可是要赶快，晚饭最迟必须在五点钟预备好。这几封信替我分别送出；叫裁缝把制服做起来；回头再请葛莱西安诺立刻到我的寓所里来。

【一仆人下。】

朗斯洛特　上去，爸爸。

老高波　上帝保佑老爷！

巴萨尼奥　谢谢你，有什么事？

老高波　老爷，这是我的儿子，一个苦命的孩子——

朗斯洛特　不是苦命的孩子，老爷，我是那位犹太富翁的跟班。不瞒老爷说，我想要——我的父亲会说明白的——

老高波　老爷，正像人家说的，他一心一意地想要伺候——

朗斯洛特　总而言之一句话，我本来是伺候那个犹太人的，可是我很想要——我的父亲会说明白的——

老高波　不瞒老爷说，他的主人跟他有点儿意见不合——

朗斯洛特　干脆一句话，实实在在说，这犹太人欺侮了我，所以我——我希望就像我的父亲，他是个老头子，会向你说明白的——

老高波　我这儿有一盘烹好的鸽子送给老爷，我要请求老爷一件事——

朗斯洛特　废话少说，这请求是关于我的事情，这位老实的老人家可以告诉您。不是我说一句，我这父亲虽然是个老头子，却是个苦人儿。

巴萨尼奥　让一个人说话。你们究竟要什么？

朗斯洛特　伺候您，老爷。

老高波　正是这一件事，老爷。

巴萨尼奥　我认识你。我可以答应你的要求。你的主人夏洛克今天曾经向我说起，要把你举荐给我。可是你不去伺候一个有钱的犹太人，反要来做一个穷绅士的跟班，恐怕没有什么好处吧？

朗斯洛特　老爷，一句老古话刚好在我的主人夏洛克跟您之间分成两半：他有钱；您呢，有上帝的恩惠。

巴萨尼奥　你说得很好。老人家，你带着你的儿子，先去向他的旧主人告别，然后再来打听我的住址。（向仆人）给他做一身比别人格外鲜艳一点儿的制服，不可有误。

朗斯洛特　爸爸，进去吧。我不能得到一个好差使吗？我生了嘴不会说话吗？好，（视手掌）要是在意大利有谁生得一手比我还要好的命运掌纹，我一定会交好运的。好，这儿是一条不显眼的寿命线；这儿有不多几个老婆；唉！十五个老婆算得什么，十一个寡妇，再加上九个黄花闺女，对于一个男人也不算太多啊！还要三次溺水不死，有一次几乎在一张天鹅绒的床边送了性命，好几次死里逃生！好，要是命运之神是个女的，她倒是个很好的娘们儿。爸爸，来，我要用一眨眼的工夫向那犹太人告别。（朗斯洛特及老高波下）

巴萨尼奥　好里奥那多，请你记好，这些东西买到以后，把它们安排停当，就赶紧回来，因为我今晚要宴请我的最有名望的相识。快去吧。

里奥那多　我一定给您尽力办去。

【葛莱西安诺上。

葛莱西安诺　你家主人呢？

里奥那多　他就在那边走着，先生。（下）

葛莱西安诺　巴萨尼奥老爷！

巴萨尼奥　葛莱西安诺！

葛莱西安诺　我要向您提出一个要求。

巴萨尼奥　我答应你。

葛莱西安诺　您不能拒绝我；我一定要跟您到贝尔蒙特去。

巴萨尼奥 啊，那么我只好让你去了。可是听着，葛莱西安诺，你这个人太随便，太不拘礼节，太爱高声说话了。这几点本来对于你是再合适不过的，在我们的眼睛里也不以为嫌，可是在陌生人的地方，那就好像有点儿放肆啦。请你千万留心在你的活泼的天性里尽力放进几分冷静进去，否则人家见了你这样狂放的行为，也许会对我发生误会，害我不能达到我的希望。

葛莱西安诺 巴萨尼奥老爷，听我说。我一定会装出一副安详的态度，说起话来恭而敬之，难得赌一两句咒，口袋里放一本祈祷书，脸孔上堆满了庄严。不但如此，在念食前祈祷的时候，我还要把帽子拉下来遮住我的眼睛，叹一口气，说一句"阿门"。我一定遵守一切礼仪，就像人家有意装得循规蹈矩，去讨他老祖母的欢喜一样。要是我不照这样的话去做，您以后不用相信我好了。

巴萨尼奥 好，我们倒要瞧瞧你装得像不像。

葛莱西安诺 今天晚上可不算，您不能按照我今天晚上的行动来判断我。

巴萨尼奥 不，那未免太煞风景了。我倒要请你今天晚上痛痛快快地欢畅一下，因为我已经跟几个朋友约定，大家都要尽兴狂欢。现在我还有点儿事情，等会儿见。

葛莱西安诺 我也要去找罗兰佐及别的那些人。吃晚饭的时候我们一定来看您。（各下）

第三场　同前。夏洛克家中一室

【杰西卡及朗斯洛特上。

杰西卡 你这样离开我的父亲，使我很不高兴。我们这个家是一座地狱，幸亏有你这淘气的小鬼，多少解除了几分闷气。可是再会吧，朗斯洛特，这一块钱你且拿了去；你在晚饭的时候，可以看见一位叫作罗兰佐的，是你新主人的客人，这封信你替我交给他，留心别让旁人看见。现在你快去吧，我不敢让我的父亲瞧见我跟你谈话。

朗斯洛特　再见！眼泪哽住了我的舌头。顶美丽的异教徒，顶温柔的犹太人！倘不是一个基督徒跟你母亲私通，生了你下来，就算我有眼无珠。再会吧！这些傻气的泪点，快要把我的男子气概都淹沉啦。再见！

杰西卡　再见，好朗斯洛特。（朗斯洛特下）唉，我真是罪恶深重，竟会羞于做我父亲的孩子！可是虽然我在血统上是他的女儿，在行为上却不是他的女儿。罗兰佐啊！你要是能够守信不渝，我将要结束我的内心的冲突，皈依基督教，做你的亲爱的妻子。（下）

第四场　同前。街道

【葛莱西安诺、罗兰佐、萨拉里诺、萨莱尼奥同上。

罗兰佐　不，咱们就在吃晚饭的时候溜出去，在我的寓所里化装好，只消一点钟工夫就可以把事情办好回来。

葛莱西安诺　咱们还没有好好准备过呢。

萨拉里诺　咱们还没有提到过拿火炬的人。

萨莱尼奥　那一定要经过一番训练，否则叫人瞧着笑话。依我看来，还是不用了吧。

罗兰佐　现在还不过四点钟，咱们还有两个钟点可以准备起来。

【朗斯洛特持函上。

罗兰佐　朗斯洛特朋友，有什么消息吗？

朗斯洛特　请您把这封信拆开吧，它会告诉您的。

罗兰佐　我认识这一手字；真是一手漂亮好字；而那写这封信的手，比这信纸还要洁白。

葛莱西安诺　一定是情书。

朗斯洛特　老爷，小的告辞了。

罗兰佐　你还要到哪儿去？

朗斯洛特　呃，老爷，我要去请我的犹太旧主人今天晚上陪我的基督徒新主人吃饭。

罗兰佐　慢着，这几个钱赏给你；你去回复温柔的杰西卡，我不会误她的约。留心说话的时候别给旁人听见。各位，去吧。（朗斯洛特下）你们愿意去准备今天晚上的假面跳舞会吗？我已经有了一个拿火炬的人了。

萨拉里诺　是，我立刻就去准备。

萨莱尼奥　我也去。

罗兰佐　再过一点钟左右，我和诸位在葛莱西安诺的寓所里会面。

萨拉里诺　这样最好。（萨拉里诺、萨莱尼奥同下）

葛莱西安诺　那封信不是杰西卡写给你的吗？

罗兰佐　我必须把一切都告诉你。她已经教我怎样带着她逃出她父亲的家，还告诉我她随身带了多少金银珠宝，并已经准备好怎样一身小童的服装。要是她的那个犹太人父亲有一天会上天堂，那一定因为上帝看在他善良的女儿面上特别开恩。恶运再也不敢侵犯她，除非因为她的父亲是一个奸诈的犹太人。来，跟我一块儿去，你可以一边走一边读这封信。美丽的杰西卡将是替我举着火炬的人。（同下）

第五场　同前。夏洛克家门前

【夏洛克及朗斯洛特上。

夏洛克　好，你就可以知道，你就可以亲眼瞧瞧，夏洛克老头子跟巴萨尼奥有什么不同啦。喂，杰西卡！——你再不能狼吞虎咽了，你在我家里放肆惯了——喂，杰西卡！——又睡觉，又打鼾，又撕破衣服——喂，杰西卡！

朗斯洛特　喂，杰西卡！

夏洛克　谁叫你喊的？我没有叫你喊呀。

朗斯洛特　您老人家不是常常怪我没有人吩咐，就什么都不会干吗？

【杰西卡上。

杰西卡　是叫我吗？有什么吩咐？

夏洛克　杰西卡，人家请我去吃晚饭；这儿是我的钥匙，你好生收管着。可是我去干什么呢？人家又不是真心邀请我，他们不过拍拍我的马屁而已。可是我因为恨他们，倒要去这一趟，受用受用这个浪子基督徒的酒食。杰西卡，我的孩子，留心照看门户。我实在有点不愿意去，昨天晚上我做梦看见钱袋，恐怕不是个吉兆。

朗斯洛特　老爷，请您一定去，我家少爷在等着您赏光呢。

夏洛克　我也在等着他赏我一记耳光哩。

朗斯洛特　他们已经商量好了。我并不说您可以看到一场假面跳舞，可是您要是果然看到了，那就怪不得我在上一个黑色星期一早上六点钟会流起鼻血来啦，那一年正是在圣灰节星期三的下午。

夏洛克　怎么，还有假面跳舞吗？听好，杰西卡，把家里的门锁上！听见鼓声和吹笛子的怪叫声音，不许爬到窗格子上张望，也不要伸出头去，瞧那些脸上涂得花花绿绿的傻基督徒们打街道上走过。所有的窗都给我关起来，别让那些无聊的胡闹的声音钻进我的清静的屋子里。凭着雅各的牧羊杖发誓，我今晚真有点不想出去参加什么宴会。可是就去这一次吧。小子，你先回去，说我就来了。

朗斯洛特　那么我先去了，老爷。小姐，甭管他的吩咐，留心看好窗外——（下）

夏洛克　嘿，那个夏甲的傻瓜后裔说些什么？

杰西卡　没有说什么，他只是说："再会，小姐。"

夏洛克　这蠢材心肠倒还好，就是食量太大；做起事来，慢吞吞像只蜗牛一般；白天睡觉的本领，比野猫还胜过几分。我家里可容不得懒惰的黄蜂，所以才打发他走了，让他去跟着那个人，好把他借来的钱花个精光。好，杰西卡，进去吧，也许我一会儿就回来。记住我的话，把门儿随手关了。"缚得牢，跑不了"，这是一句千古不变的至理名言。（下）

杰西卡　再会，要是我的命运不跟我作梗，那么我将要失去一个父亲，你也要失去一个女儿了。（下）

第六场　同　前

【葛莱西安诺及萨拉里诺戴假面同上。

葛莱西安诺　这儿屋檐下便是罗兰佐叫我们守望的地方。

萨拉里诺 他约定的时间快要过去了。

葛莱西安诺 他会迟到真是件怪事，因为恋人们总是赶在时钟前面的。

萨拉里诺 啊！维纳斯的鸽子飞去缔结新欢的盟约，比之履行旧日的诺言，总是要快上十倍。

葛莱西安诺 那有一定的道理。谁在席终人散以后，他的食欲还像初入座的时候那么强烈？哪一匹马在冗长的归途上，会像它起程时那么长驱疾驰？对世间的一切事物，人们追求时兴致总要比享用时的兴致浓烈。一艘新下水的船只扬帆出港的当儿，多么像一个娇养的少年，给那轻狂的风儿爱抚搂抱！可是等到它回来的时候，船身已遭风日的侵蚀，船帆也变成了百结的破衲，它又多么像一个落魄的浪子，给那轻狂的风儿肆意欺凌！

萨拉里诺 罗兰佐来啦；这些话你留着以后再说吧。

【罗兰佐上。

罗兰佐 两位好朋友，累你们久等了，对不起得很，实在是因为我有点事情，急切里抽身不出。等你们将来也要偷妻子的时候，我一定也替你们守这么些时候。过来，这儿就是我的犹太岳父所住的地方。喂！里面有人吗？

【杰西卡着男装自上方上。

杰西卡 你是哪一个？我虽然认识你的声音，可是为了免得错认了人，请你把名字告诉我。

罗兰佐 我是罗兰佐，你的爱人。

杰西卡 你果然是罗兰佐，也的确是我的爱人，谁会使我爱得像你一样呢？罗兰佐，除了你之外，谁还知道我究竟是不是属于你的呢？

罗兰佐 上天和你的思想，都可以证明你是属于我的。

杰西卡 来，把这匣子接住了，你拿了去大有好处的。幸亏在夜里，你瞧不见我，我改扮成这个怪样子，怪不好意思哩。可是恋爱是盲目的，恋人们瞧不见他们自己所干的傻事；要是他们瞧得见的话，那么丘比特瞧见我变成一个男孩子，也会脸红起来哩。

罗兰佐 下来吧，你必须替我拿着火炬。

杰西卡　怎么？我必须拿着烛火，照亮自己的羞耻吗？像我这样子，已经太轻狂了，应该遮掩遮掩才是，怎么反而要在别人面前露脸？

罗兰佐　亲爱的，你穿上这一身漂亮的男孩子衣服，人家不会认出你来的。快来吧，夜色已经在不知不觉中深了起来，巴萨尼奥在等着我们去赴宴呢。

杰西卡　让我把门窗关好，再收拾些银钱带在身边，然后立刻就来。（自上方下）

葛莱西安诺　凭着我的头巾发誓，她真是个基督徒，不是个犹太人。

罗兰佐　我从心底里爱着她。要是我有判断的能力，那么她是聪明的；要是我的眼睛没有欺骗我，那么她是美貌的；她已经替自己证明她是忠诚的。像她这样又聪明，又美丽，又忠诚，怎么不叫我把她永远放在自己的灵魂里呢？

【杰西卡上。

罗兰佐　啊，你来了吗？朋友们，走吧！我们的舞伴们现在一定在那儿等着我们了。（罗兰佐、杰西卡、萨拉里诺同下）

【安东尼奥上。

安东尼奥　那边是谁？

葛莱西安诺　安东尼奥先生！

安东尼奥　咦，葛莱西安诺！还有哪些人呢？现在已经九点钟啦，我们的朋友们，大家在那儿等着你们。今天晚上的假面跳舞会取消了。风势已转，巴萨尼奥就要立刻上船。我已经差了二十个人来找你们了。

葛莱西安诺　那好极了！我巴不得今天晚上就开船出发。

第七场　贝尔蒙特。鲍西娅家中一室

【喇叭奏花腔。鲍西娅及摩洛哥亲王各率侍从上。

鲍西娅　去把帐幕揭开，让这位尊贵的王子瞧瞧那几个匣子。现在请殿下自己选择吧。

摩洛哥亲王　第一只匣子是金的，上面刻着这几个字："谁选择了我，将要得到众人所希求的东西。"第二只匣子是银的，上面刻着这样的约许："谁选择了我，将要得到他所应得的东西。"第三只匣子是用沉重的铅打成的，上面刻着像铅一样冷酷的警告："谁选择了我，必须准备把他所有的一切作为牺牲。"我怎么可以知道我选得错不错呢？

鲍西娅　这三只匣子中间，有一只里面藏着我的小像；您要是选中了那一只，我就是属于您的了。

摩洛哥亲王　求神明指示我！让我看，我且先把匣子上面刻着的字句再推敲一遍。这一个铅匣子上面说些什么？"谁选择了我，必须准备把他所有的一切做为牺牲。"必须准备牺牲？为什么？为了铅吗？为了铅而牺牲一切吗？这匣子说的话倒有些吓人。人们为了希望得到重大的利益，才会不惜牺牲一切；一颗贵重的心，决不会屈躬俯就鄙贱的外表。我不愿为了铅的缘故而做任何的牺牲。那个色泽皎洁的银匣子上面说些什么？"谁选择了我，将要得到他所应得的东西。"得到他所应得的东西！且慢，摩洛哥，把你自己的价值做一下公正的估计吧。照你自己判断起来，你应该得到很高的评价，可是也许凭着你这几分长处，还不配娶到这样一位小姐；然而我要是疑心我自己不够资格，那未免太小看自己了。得到我所应得的东西！当然那就是指这位小姐。讲到家世、财产、人品、教养，我在哪一点上配不上她？可是超乎这一切之上，凭着我这一片深情，也就应该配得上她了。那么我不必迟疑，就选了这一个匣子吧。让我再瞧瞧那金匣子上说些什么话："谁选择了我，将要得到众人所希求的东西。"啊，那正是这位小姐了！整个儿世界都希求着她，从地球的四角他们迢迢而来，顶礼这位尘世的仙真：希尔卡尼亚的沙漠和广大的阿拉伯辽阔荒野，现在已经成为各国王子们前来瞻仰美貌的鲍西娅的通衢大道；把唾沫吐在天庭面上的傲慢不逊的海洋，也不能阻止外邦的远客，他们越过汹涌的波涛，就像跨过一条小河一样，为了要看一看鲍西娅的绝世姿容。在这三只匣子中间，有一只里面藏着她的天仙似的小像。难道那铅匣子里会藏着她吗？想起这样一个卑劣的想法，就是一种亵渎。那么她是会藏在那价值只及纯金十分之一的银匣子里面吗？啊，罪恶的思想！这样一颗珍贵的珠宝，决不会装在比金子低贱的匣子里。把钥匙交给我！我已经选定了，但愿我的希望能够实现！

　　鲍西娅　亲王，请您拿着这钥匙。要是这里边有我的小像，我就是您的了。（摩洛哥亲王开金匣）

　　摩洛哥亲王　哎哟，该死！这是什么？一个死人的骷髅，那空空的眼眶里藏着一张有字的纸卷。让我读一读上面写着什么。

> 闪光的不全是黄金，
>
> 这话常听人说得分明；
>
> 多少世人出卖了一生，
>
> 不过看到了我的外形，
>
> 蛆虫占据着镀金的坟。
>
> 你要是又大胆又聪明，
>
> 手脚年轻，见识却老成，
>
> 就不会得到这样回音：
>
> 再见，劝你冷却这片心。

　　冷却这片心！真的是枉费辛劳。

　　永别了，热情！欢迎，凛冽的寒风！

　　再见，鲍西娅；悲伤塞满了心胸，

　　莫怪我这败军之将去得匆匆。（率侍从下；喇叭奏花腔）

　　鲍西娅　他去得倒还知趣。把帐幕拉下来。但愿像他一样肤色的人，都像他一样选不中。

第八场　威尼斯。街道

【萨拉里诺及萨莱尼奥上。

　　萨拉里诺　啊，朋友，我看见巴萨尼奥开船，葛莱西安诺也跟他同船去。我相信罗兰佐一定不在他们船里。

　　萨莱尼奥　那个恶犹太人大呼小叫地吵到公爵那儿去，公爵已经跟着他去搜巴萨尼奥的船了。

　　萨拉里诺　他去迟了一步，船已经开出。可是有人告诉公爵，说他们曾经看见罗兰佐跟他的多情的杰西卡在一艘平底船里，而且安东尼奥也向公爵证明他们并不在巴萨尼奥的船上。

萨莱尼奥　那犹太狗在街上一路乱叫乱喊，我从未听到过有人这样用充满混乱的、奇特的、狂怒的激情颠三倒四地叫喊："我的女儿！啊，我的银钱！啊，我的女儿！跟一个基督徒逃走啦！啊，我的基督徒的银钱！公道啊！法律啊！我的银钱，我的女儿！一袋封好的，两袋封好的银钱，给我的女儿偷去了！还有珠宝！两颗宝石，两颗珍贵的宝石，都给我的女儿偷去了！公道啊！把那女孩子找出来！她身边带着宝石，还有银钱。"

萨拉里诺　威尼斯城里所有的小孩子们，都跟在他背后，喊着：他的宝石呀，他的女儿呀，他的银钱呀。

萨莱尼奥　安东尼奥应该留心那笔债款不要误了期，否则他要在他身上报复的。

萨拉里诺　对，你想得不错。昨天我跟一个法国人谈天，他对我说起，在英法两国之间的狭隘的海面上，有一艘从咱们国里开出去的满载着货物的船只出了事了。我一听见这句话，就想起安东尼奥，但愿那艘船不是他的才好。

萨莱尼奥　你最好把你听见的消息告诉安东尼奥；可是你要轻描淡写地说，免得害他着急。

萨拉里诺　世上没有一个比他更仁厚的君子。我看见巴萨尼奥跟安东尼奥告别，巴萨尼奥对他说，他一定尽早回来，他回答说，"不必，巴萨尼奥，不要为了我的缘故而误了你的正事，你等到一切事情圆满完成以后再回来吧；至于我在那犹太人那里签下的约，你不必放在心上，你只管高高兴兴、一心一意地进行你的好事，施展你的全副精神，去博得美人的欢心吧。"说到这里，他不禁热泪盈眶，就回转身去，把手伸到背后，亲亲热热地握着巴萨尼奥的手。他们就这样分别了。

萨莱尼奥　我看他只是为了他的缘故才爱这世界的。咱们现在就去找他，想些开心的事儿替他解解愁闷，你看好不好？

萨拉里诺　很好很好。

第九场　贝尔蒙特。鲍西娅家中一室

【尼莉莎及一仆人上。

尼莉莎　快，快，扯开那帐幕。阿拉贡亲王已经宣过誓，就要来选匣子啦。

【喇叭奏花腔。阿拉贡亲王及鲍西娅各率侍从上。

鲍西娅　瞧，尊贵的王子，那三个匣子就在这儿。您要是选中了有我的小像藏在里头的那一只，我们就可以立刻举行婚礼；可是您要是失败了的话，那么殿下，不必多言，您必须立刻离开这儿。

阿拉贡亲王　我已经宣誓遵守三项条件：第一，不得告诉任何人我所选的是哪一只匣子；第二，要是我选错了，终身不得再向任何女子求婚；第三，要是我选不中，必须立刻离开此地。

鲍西娅　为了我这微贱的身子来此冒险的人，没有一个不曾立誓遵守这几个条件。

阿拉贡亲王　我也是这样宣誓过了。但愿命运满足我的心愿！一只是金的，一只是银的，还有一只是下贱的铅的。"谁选择了我，必须准备牺牲他所有的一切。"你要我为你牺牲，应该再好看一点儿才是。那个金匣子上面说的是什么？"谁选择了我，将要得到众人所希求的东西。"众人所希求的东西！那"众人"也许是指那无知的群众，他们只知道凭着外表取人，信赖着一双愚妄的眼睛，不知道窥察到内心，就像暴风雨中的燕子，把巢筑在屋外的墙壁上，自以为可保万全，不想到灾祸就会接踵而至。我不愿选择众人所希求的东西，因为我不愿随波逐流，与粗俗的群众为伍。那么还是让我瞧瞧你吧，你这白银的宝库，待我再看一遍刻在你上面的字句："谁选择了我，将要得到他所应得的东西。"说得好，一个人要是自己没有货真价实的长处，怎么可以妄图非分？尊荣显贵，原来不是无德之人所可以忝窃的。唉！要是世间的爵禄官职，都能够因功授赏，不借钻营，那么多少脱帽侍立的人将会高冠盛服，多少发号施令的人将会俯首听命，多少卑劣鄙贱的渣滓将从高贵的种子中间剔分出来，多少隐暗不彰的贤才异能，可以从世俗的糠秕中间筛选出来，大放它们的光泽！闲话少说，还是让我考虑考虑怎样选择吧。"谁选择了我，将要得到他所应得的东西。"那么我要取之无愧了。把这匣子上的钥匙给我，让我立刻开匣放出藏在这里面的我的命运。（开银匣）

　　鲍西娅　您在这里面瞧见些什么？怎么呆住了一声也不响？

　　阿拉贡亲王　这是什么？一个眯着眼睛的傻瓜的画像，上面还写着字句！让我读一下。唉！你跟鲍西娅相去得多么远！你跟我的希望又相去得多么远！"谁选择了我，将要得到他所应得的东西。"难道我只应得到一副傻瓜的嘴脸吗？那便是我的奖品吗？我不该得到好一点儿的东西吗？

　　鲍西娅　毁谤和评判，是两件作用不同、性质相反的事。

　　阿拉贡亲王　这儿写着什么？

　　　　这银子在火里烧过七遍；
　　　　那永远不会错误的判断，
　　　　也必须经过七次的试炼。
　　　　有的人终身向幻影追逐，
　　　　只好在幻影里寻求满足。
　　　　我知道世上尽有些呆鸟，
　　　　空有着一个镀银的外表。
　　　　随你娶一个怎样的妻房，
　　　　摆脱不了这傻瓜的皮囊。
　　　　去吧，先生，莫再耽搁时光！
　　　　我要是再留在这儿发呆，
　　　　愈显得是个十足的蠢材；
　　　　顶一颗傻脑袋来此求婚，
　　　　带两个蠢头颅回转家门。
　　　　别了，美人，我愿遵守誓言，
　　　　默忍着厄运带来的熬煎。（阿拉贡亲王率侍从下）

　　鲍西娅　正像飞蛾在烛火里伤身，

這些傻瓜們自恃着聰明，

免不了被聰明誤了前程。

尼莉莎　古話說得好，上吊娶媳婦，

都是一個人注定的天數。

鮑西婭　來，尼莉莎，把帳幕拉下來。

【一仆人上。

仆人　小姐呢？

鮑西婭　在這兒。有什麼事？

仆人　小姐，門口有一個年輕的威尼斯人，說是來通知一聲，他的主人就要來啦。他說他的主人叫他先來向小姐致意，除了一大堆恭維的客套以外，還帶來了幾件很貴重的禮物。小的從來沒有見過這麼一位體面的愛神的使者；預報繁茂的夏季快要來臨的四月的天氣，也不及這個為主人先驅的俊仆的溫雅。

鮑西婭　請你別說下去了吧。你這樣天花亂墜地稱讚他，我怕你就要說他是你的親戚了。來，來，尼莉莎，我倒很想瞧瞧這一位愛神差來的體面的使者。

尼莉莎　愛神啊，但願來的是巴薩尼奧！

　　巴萨尼奥终于赢得了鲍西娅的爱情，他和前面几个选手选择匣子的方法有什么不同？他是从什么角度来看外表和内在的关系的？就在他们新婚的时候，一个不幸的消息传来了，安东尼奥的商船失事破产了，夏洛克到处叫嚣要教训这个辱骂他的人，安东尼奥面临着一场被割肉的灾难，至此，戏剧为下边的高潮埋下了伏笔。

第一场　威尼斯。街道

【萨莱尼奥及萨拉里诺上。

萨莱尼奥　交易所里有什么消息？

萨拉里诺　他们都在那里说安东尼奥有一艘满装着货物的船在海峡里倾覆了。那地方的名字好像是古德温，是一处很危险的沙滩，听说有许多大船的残骸埋葬在那里，要是那些传闻之辞不是来自长舌妇之口的话。

萨莱尼奥　我但愿那些谣言就像那些吃饱了饭没事做，嚼嚼生姜，或者一把鼻涕一把眼泪地假装为了她第三个丈夫死去而痛哭的那些婆子们所说的鬼话一样靠不住。可是那的确是事实——不说啰里啰唆的废话，也不说枝枝节节的闲话——这位善良的安东尼奥，正直的安东尼奥——啊，但愿我有一个可以充分形容他的好处的字眼！

萨拉里诺　好了好了，别说下去了吧。

从萨莱尼奥和萨拉里诺的对话可知安东尼奥的商船失事了，不幸的事终究要发生了吗？

萨莱尼奥　嘿！你说什么！总归一句话，他损失了一艘船。

萨拉里诺　但愿这是他最末一次的损失。

萨莱尼奥　让我赶快喊"阿门"，免得给魔鬼打断了我的祷告，因为他已经扮成一个犹太人的样子来啦。

【夏洛克上。

萨莱尼奥　啊，夏洛克！商人们有什么消息？

夏洛克　有什么消息！我的女儿逃走啦，这件事情是你比谁都格外知道得详细的。

萨拉里诺　那当然啦，就是我也知道她飞走的那对翅膀是哪一个裁缝替她做的。

萨莱尼奥　夏洛克自己也何尝不知道，她羽毛已长，当然要离开娘家啦。

夏洛克　她干出这种不要脸的事来，死了一定要下地狱。

萨拉里诺　假如是魔鬼做她的判官，那是当然的事情。

夏洛克　我自己的血肉向我造反！

萨莱尼奥　（故意曲解）老不死的，你都这把年纪了，还有那种肉欲？

萨拉里诺　你的肉跟她的肉比起来，比黑炭和象牙还差得远；你的血跟她的血比起来，比红葡萄酒和白葡萄酒还差得远。可是告诉我们，你听没听见人家说起安东尼奥在海上遭到了损失？

夏洛克　说起他，又是我的一桩倒霉事情。这个败家精，这个破落户，他不敢在交易所里露一露脸。他平常到市场上来，穿着得多么齐整，现在可变成一个叫花子啦。让他留心他的借约吧。他老是骂我盘剥取利，让他留心他的借约吧。他是本着基督徒的精神，放债从来不取利息的，让他留心他的借约吧！

无情咒骂自己的女儿却从来不反思自己。

注意夏洛克的语气，他连着说出三次，表现了什么心理？

萨拉里诺 我相信要是他不能按约偿还借款，你一定不会要他的肉的，那有什么用处呢？

夏洛克 拿来钓鱼也好，即使他的肉不中吃，至少也可以出出我这一口气。他曾经羞辱过我，夺去我几十万块钱的生意，讥笑我亏了本，挖苦我赚了钱，侮蔑我的民族，破坏我的买卖，离间我的朋友，煽动我的仇敌。他的理由是什么？只因为我是一个犹太人。难道犹太人没有眼睛吗？难道犹太人没有五官四肢，没有知觉，没有感情，没有血气吗？他不是吃着同样的食物，同样的武器可以伤害他，同样的医药可以疗治他，冬天同样会冷，夏天同样会热，就像一个基督徒一样吗？你们要是用刀剑刺我们，我们不是也会出血的吗？你们要是搔我们的痒，我们不是也会笑起来吗？你们要是用毒药谋害我们，我们不是也会死的吗？那么要是你们欺侮了我们，我们难道不会复仇吗？要是在别的地方我们都跟你们一样，那么在这一点上也是彼此相同的。要是一个犹太人欺侮了一个基督徒，那基督徒会忍耐吗？不。他怎样？报仇。要是一个基督徒欺侮了一个犹太人，那么照着基督徒的榜样，那犹太人应该怎样？报仇呀。你们已经把残虐的手段教给我，我一定会照着你们的教训实行，而且还要加倍奉敬哩。

【一仆人上。

仆人 两位先生，我家主人安东尼奥在家里，要请两位过去谈谈。

萨拉里诺 我们正在到处找他呢。

【杜伯尔上。

萨莱尼奥 又是一个他的族中人来啦。世上再也找不到第三个像他们这样的人，除非魔鬼自己也变成了犹太人。（萨莱尼奥、萨拉里诺及仆人下）

理解这句话，从中体会人物复杂的心理背景。

表明夏洛克深受种族压迫和屈辱，种种不公平待遇，造就了夏洛克变态的人格。

　　夏洛克　啊，杜伯尔！热那亚有什么消息？你有没有找到我的女儿？

　　杜伯尔　我所到的地方，往往听见人家说起她，可是总找不到她。

在夏洛克的身上，几乎看不到亲情和友善，看到的只有贪婪、冷酷以及利欲熏心。

　　夏洛克　哎呀，糟糕！糟糕！糟糕！我在法兰克福出两千块钱买来的那颗金刚钻也丢啦！诅咒到现在才降落到咱们民族头上；我到现在才觉得它的厉害。那一颗金刚钻就是两千块钱，还有别的贵重的珠宝。我希望我的女儿死在我的脚下，那些珠宝都挂在她的耳朵上；我希望她就在我的脚下入土安葬，那些银钱都放在她的棺材里！不知道他们的下落吗？哼，我不知道为了寻访他们，又花去了多少钱。你这你这——损失上再加损失！贼子偷了这么多走了，还要花这么多去访寻贼子，结果仍旧是一无所得，出不了这一口怨气。只有我一个人倒霉，只有我一个人叹气，只有我一个人流眼泪！

　　杜伯尔　倒霉的不单是你一个人。我在热那亚听人家说，安东尼奥——

　　夏洛克　什么？什么？什么？他也倒了霉吗？他也倒了霉吗？

　　杜伯尔　有一艘从特里坡利斯来的大船，在途中触礁。

　　夏洛克　谢谢上帝！谢谢上帝！是真的吗？是真的吗？

　　杜伯尔　我曾经跟几个从那船上脱险的水手谈过话。

　　夏洛克　谢谢你，好杜伯尔。好消息，好消息！哈哈！什么地方？在热那亚吗？

　　杜伯尔　听说你的女儿在热那亚一个晚上花去八十块钱。

夏洛克和葛朗台的性格是不是很像？

　　夏洛克　你把一把刀戳进我心里了！我也再瞧不见我的金子啦！一下子就是八十块钱！八十块钱！

　　杜伯尔　有几个安东尼奥的债主跟我同路到威尼斯来，

他们肯定地说他这次一定要破产。

夏洛克　我很高兴。我要摆布摆布他，我要整治整治他。我很高兴。

杜伯尔　有一个人给我看一个指环，说是你女儿用它向他换了一只猴子。

夏洛克　该死该死！杜伯尔，你提起这件事，真叫我心里难过；那是我的绿玉指环，是我的妻子莉莎在我没有结婚的时候送给我的，即使人家把一大群猴子来向我交换，我也不愿把它给人。

杜伯尔　可是安东尼奥这次一定完了。

夏洛克　对了，这是真的，一点儿不错。去，杜伯尔，现在离借约满期还有半个月，你先给我到衙门里走动走动，花费几个钱。要是能罚他，我要挖出他的心来；即使他不在威尼斯，我也不怕他逃出我的掌心。去，去，杜伯尔，咱们在会堂里见面。好杜伯尔，去吧，会堂里再见，杜伯尔。

夏洛克对安东尼奥怀恨在心，伺机报复。

第二场　贝尔蒙特。鲍西娅家中一室

【巴萨尼奥、鲍西娅、葛莱西安诺、尼莉莎及侍从等上。

鲍西娅　请您不要太急，停一两天再选吧，因为要是您选得不对，咱们就不能再在一块儿，所以请您暂时缓一下吧。我心里仿佛有一种什么感觉——可是那不是爱情——告诉我我不愿失去您，您一定也知道，嫌憎是不会向人说这种话的。一个女孩儿家本来不该信口说话，可是因为怕您不能懂得我的意思，我真想留您在这儿住上一两个月，然后再让您为我而冒险一试。我可以教您怎样选才不会有错——可是这样我就要违背了誓言，那是万万不可的。然而您如果自行其是，您也许会选错；要是您选错了，您一定会使我起了一个有罪的愿望，懊悔我不该为了不敢背誓而忍心让您失望。顶可恼的是您这一双眼睛，它们已经瞧透了我的心，把我分成两半：半个我是您的，还有那半个我也是您的——不，我的意思是说那半个我是我的，可是既然是我的，也就是您的，所以整个儿我都是您的。唉！都是这些无聊的世俗的礼法，使人们不能享受他们合法的权利，所以我虽然是您的，却又不是您的。如果情形果真如此，该下地狱的是命运，不是我。我说得太啰唆了，可是我的目的是要尽量拖延时间，不放您马上就去选择。

巴萨尼奥 让我选吧。我现在提心吊胆，正像给人拷问一样活受罪。

鲍西娅 给人拷问，巴萨尼奥！那么你给我招认出来，在你的爱情之中，隐藏着什么奸谋？

巴萨尼奥 没有什么奸谋，我只是有点怀疑忧惧，但恐我的痴心化为徒劳；奸谋跟我的爱情正像冰炭一样，是无法相容的。

鲍西娅 嗯，可是我怕你是因为受不住拷问的痛苦，才说这样的话。

巴萨尼奥 您要是答应赦我一死，我愿意招认真情。

鲍西娅 好，赦你一死，你招认吧。

巴萨尼奥 "爱"便是我所能招认的一切。多谢我的刑官，您教给我怎样免罪地答话了！可是让我去瞧瞧那几个匣子，试试我的运气吧。

鲍西娅 那么去吧！在那三个匣子中间，有一个里面锁着我的小像，您要是真的爱我，您会把我找出来的。尼莉莎，你跟其余的人都站开些。在他选择的时候，把音乐奏起来，要是他失败了，好让他像天鹅一样在音乐声中死去；把这比喻说得更恰当一些，我的眼睛就是他葬身的清流。也许他会胜利的，那么那音乐又像什么呢？那时候音乐就像忠心的臣子俯伏迎接新加冕的君王的时候所吹奏的号角，又像是黎明时分送进正在做着好梦的新郎的耳中，催他起来举行婚礼的甜柔的琴韵。现在他去了，他的沉毅的姿态，就像少年赫拉克勒斯奋身前去，在特洛伊人的呼叫声中，把他们祭献给海怪的处女拯救出来一样，可是他心里却藏着更多的爱情。我站在这儿做牺牲，她们站在旁边，就像泪眼模糊的特洛伊妇女们，出来看这场争斗的结果。去吧，赫拉克勒斯！我的生命悬在你手里，但愿你安然生还；我这观战的人心中，比你上场作战的人还要惊恐万倍！

【巴萨尼奥独白时，乐队奏乐唱歌。

歌

告诉我爱情生长在何方？

是在脑海里，还是在心房？

它怎样发生？它怎样成长？

回答我，回答我。

爱情的火在眼睛里点亮，

凝视是爱情生活的滋养，

它的摇篮便是它的坟堂。

让我们把爱的丧钟鸣响，

叮当！叮当！

叮当！叮当！（众和）

巴萨尼奥　外观往往和事物的本身完全不符，世人却容易为表面的装饰所欺骗。在法律上，哪一件卑鄙邪恶的陈诉，不可以用娓娓动听的言辞掩饰它的罪状？在宗教上，哪一桩罪大恶极的过失，不可以引经据典，文过饰非，证明它的确上合天心？任何臭名昭著的罪恶，都可以在外表上装出一副道貌岸然的样子。多少没有胆量的懦夫，他们的心其实软散如沙，他们的肝其实白如牛奶，可他们的颊上却长着天神一样威武的须髯，让人们只看着他们的外表，就不禁生出敬畏之心！再看那些世间所谓美貌吧，那是完全靠着脂粉装点出来的，愈是轻浮的女人，所涂的脂粉也愈重。至于那些随风飘扬、像蛇一样的金丝卷发，看上去果然漂亮，不知道却是从坟墓中死人的骷髅上借下来的。所以装饰不过是一道把船只诱进凶涛险浪的怒海中去的陷人的海岸，又像是遮掩着一个黑丑蛮女的一道美丽的面幕，总而言之，它是狡诈的世人用来欺诱智士的似是而非的真理。所以，你，炫目的黄金，迈达斯王的坚硬的食物，我不要你；你，惨白的银子，在人们手里来来去去的下贱的奴才，我也不要你；可是你，寒碜的铅，你的形状只能使人退走，一点儿没有吸引人的力量，然而你的质朴却比巧妙的言辞更能打动我的心，我就选了你吧，但愿结果美满！

鲍西娅　（旁白）一切纷杂的思绪、多心的疑虑、鲁莽的绝望、战栗的恐惧、酸性的猜嫉，多么快地烟消云散了！爱情啊！把你的狂喜节制一下，不要让你的欢乐溢出界限，让你的情绪越过分寸；你使我感觉到太多的幸福，请你把它减轻几分吧，我怕我快要给快乐窒息而死了！

巴萨尼奥　这里面是什么？（开铅匣）美丽的鲍西娅的副本！这是谁的神功之笔，描画出这样一位绝世的美人？这双眼睛是在转动吗？还是因为我的眼球在转动，所以仿佛它们也在随着转动？她的微启的双唇，是因为她嘴里吐出来的甘美芳香的气息而分裂了；无论怎样亲密的朋友，受到了这样的麻醉，都会变成路人的。画师在描画她的头发的时候，一定曾经化身为蜘蛛，织下了这么一个金丝的发网，来诱捉男子们的心；哪一个男子见了它，不会比飞蛾投入蛛网还快地陷下网罗呢？可是她的眼睛！他怎么能够睁了眼睛把它们画出来呢？他在画了一只眼睛以后，我想它的逼人的光芒，一定会使他自己目眩神夺，再也描画不成另外的一只。可是瞧，我用尽一切赞美的字句，还不能充分形容出这一个画中幻影的美妙；然而这幻影跟它的实体比较起来，又是多么望尘莫及！这儿是一纸手卷，宣判着我的命运。

> 你选择不凭着外表，
> 果然给你直中鹄心！
> 胜利既已入你怀抱，
> 你莫再往别处追寻。
> 这结果倘使你满意，
> 就请接受你的幸运，
> 赶快回转你的身体，
> 给你的爱深深一吻。
> 温柔的纶音！美人，请恕我大胆，（吻鲍西娅）
> 我奉命来把彼此的深情交换。
> 像一个夺标的健儿驰骋身手，
> 耳旁只听见沸扬的人声如吼，

虽然明知道胜利已在他手掌，
却不敢相信人们在把他赞赏。
绝世的美人，我现在神眩目晕，
仿佛闯进了一场离奇的梦境；
除非你亲口证明这一切是真，
我再也不相信我自己的眼睛。

鲍西娅 巴萨尼奥公子，您瞧我站在这儿，不过是这样的一个人。虽然为了我自己的缘故，我不愿妄想自己比现在的我更好一点儿；可是为了您的缘故，我希望我能够六十倍胜过我的本身，再加上一千倍的美丽，一万倍的富有；我但愿我有无比的贤德、美貌、财产和亲友，好让我在您的心目中占据一个很高的位置。可是我这一身却是一无所有，我只是一个不学无术、没有教养的女子。幸亏她的年纪还不是顶大，来得及发愤学习；她的天资也不是顶笨，可以加以教导之功；尤其大幸的，她有一颗柔顺的心灵，愿意把它奉献给您，听从您的指导，把您当作她的主人、她的统治者和她的君王。我自己以及我所有的一切，现在都变成您的所有了。刚才我还拥有着这一座华丽的大厦，我的仆人都听从着我的指挥，我是支配我自己的女王，可是就在现在，这屋子、这些仆人和这一个我，都是属于您的了，我的夫君。凭着这一个指环，我把这一切完全呈献给您；要是您让这指环离开您的身边，或者把它丢了，或者把它送给别人，那就预示着您的爱情的毁灭，我可以因此责怪您的。

巴萨尼奥 小姐，您使我说不出一句话来，只有我的热血在我的血管里跳动着向您陈诉。我的精神是在一种恍惚的状态中，正像喜悦的群众在听到他们所爱戴的君王的一篇美妙的演辞以后那种心灵眩惑的神情，除了口头的赞叹和内心的欢乐以外，一切的一切都混合起来，化成白茫茫的一片模糊。可是这指环要是有一天离开这手指，那么我的生命也一定已经终结；那时候您可以放胆地说，巴萨尼奥已经死了。

尼莉莎 姑爷，小姐，我们站在旁边，眼看我们的愿望成为事实，现在该让我们来道喜了。恭喜姑爷！恭喜小姐！

葛莱西安诺　巴萨尼奥老爷和我的温柔的夫人，愿你们享受一切的快乐！我还有一个请求，要是你们决定在什么时候举行嘉礼，我也想跟你们一起结婚。

巴萨尼奥　很好，只要你能够找到一个妻子。

葛莱西安诺　谢谢老爷，您已经替我找到一个了。不瞒老爷说，我这一双眼睛瞧起人来，并不比您老爷慢。您瞧见了小姐，我也瞧见了使女；您发生了爱情，我也发生了爱情。您的命运靠那几个匣子决定，我也是一样；因为我在这儿千求万告，身上的汗出了一身又是一身，指天誓日地说到唇干舌燥，才算得到这位好姑娘的一句回音，答应我要是您能够得到她的小姐，我也可以得到她的爱情。

鲍西娅　这是真的吗，尼莉莎？

尼莉莎　是真的，小姐，要是您赞成的话。

巴萨尼奥　葛莱西安诺，你也是出于真心吗？

葛莱西安诺　是的，老爷。

巴萨尼奥　我们的喜筵有你们的婚礼添兴，那真是喜上加喜了。

葛莱西安诺　我们要跟他们打赌一千块钱，看谁先养儿子。可是谁来啦？罗兰佐和他的异教徒吗？什么！还有我那威尼斯老朋友萨莱尼奥？

【罗兰佐、杰西卡及萨莱尼奥上。

巴萨尼奥　罗兰佐，萨莱尼奥，虽然我也是初履此地，让我僭用着这里主人的名义，欢迎你们的到来。亲爱的鲍西娅，请您允许我接待我这几个同乡朋友。

鲍西娅　我也是竭诚欢迎他们。

罗兰佐　谢谢。巴萨尼奥老爷，我本来并没有想到要到这儿来看您，因为在路上碰见萨莱尼奥，给他不由分说地硬拉着一块儿来啦。

萨莱尼奥　是我拉他来，老爷，我是有理由的。安东尼奥先生叫我替他向您致意。（给巴萨尼奥一信）

巴萨尼奥　在我拆开这信以前，请你告诉我，我的好朋友近来好吗？

萨莱尼奥　他没有病，除非有点儿心病；您看了他的信，就可以知道他的近况。

葛莱西安诺 尼莉莎，招待招待那位客人。把你的手给我，萨莱尼奥，威尼斯有些什么消息？那位善良的商人安东尼奥怎样？我知道他听见了我们的成功，一定会十分高兴；我们是两个伊阿宋，把金羊毛取了来啦。

萨莱尼奥 我希望你们能够把他失去的金羊毛取了回来，那就好了。

鲍西娅 那信里一定有些什么坏消息，巴萨尼奥的脸色都变白了；多半是一个什么好朋友死了，否则不会有别的事情会把一个堂堂男子激动到这个样子的。怎么，还有更坏的事情吗？恕我冒渎，巴萨尼奥，我是您自身的一半，这封信所带给您的任何不幸的消息，也必须让我分担一半。

巴萨尼奥 啊，亲爱的鲍西娅！这信里所写的，是自有纸墨以来最悲惨的字句。好小姐，当我初次向您倾吐我的爱慕之情的时候，我坦白地告诉您，我的高贵的家世是我仅有的财产，那时我并没有对您说谎；可是，亲爱的小姐，单单把我说成一个两袖清风的寒士，还未免有点自夸，因为我不但一无所有，而且还负着一身的债务；不但欠了我的一个好朋友许多钱，还累他为了我的缘故，欠了他仇家的钱。这一封信，小姐，那信纸就像是我朋友的身体，上面的每一个字，都是一处血淋淋的创伤。可是，萨莱尼奥，那是真的吗？难道他的船舶都一起遭难了？竟没有一艘平安到港吗？从特里坡利斯，从墨西哥，从英国、里斯本、巴巴里和印度来的船只，没有一艘能够逃过那些毁害商船的礁石的可怕的撞击吗？

萨莱尼奥 一艘也没有逃过。而且即使他现在有钱还那犹太人，那犹太人也不肯收。我从来没有见过这样一个样子像人的家伙，一心一意只想残害他的同类；他不分昼夜地在公爵耳边唠叨，说是他们倘不给他主持公道，那么威尼斯根本不能成为一个自由邦。二十个商人、公爵自己，还有那些最有名望的士绅，都曾劝过他，可是谁也不能叫他回心转意，放弃他那狠毒的起诉。他一口咬定：要求公道，照约行罚。

杰西卡 我在家里的时候，曾经听见他向杜伯尔和丘斯，他的两个同族的人谈起，说他宁可取安东尼奥身上的肉，不愿收受比他的欠款多二十倍的钱。要是法律和威权不能拒绝他，那么可怜的安东尼奥恐怕在劫难逃了。

鲍西娅　遭到这样危难的人，是不是您的好朋友？

巴萨尼奥　我的最亲密的朋友，一个心肠最仁慈的人，热心为善，多情尚义，在他身上存留着比任何意大利人更多的古代罗马的仁侠精神。

鲍西娅　他欠那犹太人多少钱？

巴萨尼奥　他为了我的缘故，向他借了三千块钱。

鲍西娅　什么，只有这一点儿数目吗？还他六千块钱，把那借约毁了！两倍六千块钱，或者照这数目两倍三倍都可以，可是万万不能因为巴萨尼奥的过失，害这样一位好朋友损伤一根毛发。先陪我到教堂里去结为夫妇，然后你就到威尼斯去看你的朋友；鲍西娅决不让你抱着一颗不安宁的良心睡在她的身旁。你可以带偿还这笔小小借款的二十倍那么多的钱去，债务清了以后，就带你的忠心的朋友到这儿来。我的侍女尼莉莎陪着我在家里，仍旧像未嫁的时候一样，守候着你们的归来。来，今天就是你结婚的日子，大家快快乐乐，好好招待你的朋友们。你既然是用这么大的代价买来的，我也一定加倍地爱你。可是让我听听你朋友的信。

巴萨尼奥　"巴萨尼奥挚友如握：弟船只悉数遇难，债主煎迫，家业荡然。犹太人之约，业已衍期；履行罚则，殆无生望。足下前此欠弟债项，一切勾销，唯盼及弟未死之前，来相临视。或足下燕婉情浓，不忍遽别，则亦不复相强，此信置之可也。"

鲍西娅　啊，亲爱的，快把一切事情办好，立刻就去吧！

巴萨尼奥　既然蒙您允许，我就赶快收拾动身，可是——
此去经宵应少睡，长留魂魄系相思。

第三场　威尼斯。街道

【夏洛克、萨拉里诺、安东尼奥及狱吏上。

夏洛克　狱官，留心看住他，不要对我讲什么慈悲。这就是那个放债不取利息的傻瓜。狱官，留心看住他。

安东尼奥　再听我说句话，好夏洛克。

夏洛克　我一定要照约实行；你如果想推翻这一张契约，那还是请你免开尊口的好。我已经发过誓，非得照约实行不可。你曾经无缘无故骂我是狗，既然我是狗，那么你就小心我的狗牙吧。公爵一定会给我主持公道的。你这糊涂的狱官，我真不懂你老是会答应他的请求，陪着他到外边来。

安东尼奥　请你听我说。

夏洛克　我一定要照约实行，不要听你讲什么鬼话。我一定要照约实行，所以请你闭嘴吧。我不像那些软心肠流眼泪的傻瓜们一样，听了基督徒的几句劝告，就会摇头叹气，懊悔屈服。别跟着我，我不要听你说话，我要照约实行。（下）

萨拉里诺　这是人世间一只最顽固的恶狗。

安东尼奥　别理他。我也不愿再费无益的唇舌向他哀求了。他要的是我的命，他这样做原因我很清楚。常常有许多人因为不堪他的剥削，向我诉苦，是我帮助他们脱离他的压迫，所以他才恨我。

萨拉里诺　我相信公爵一定不会允许他实行这一种处罚。

安东尼奥　公爵不能变更法律的规定，因为威尼斯的繁荣，完全依赖着各国人民的来往通商，要是剥夺了异邦人应享的权利，一定会使人对威尼斯的法治精神发生重大的怀疑。去吧，这些不如意的事情，已经把我搅得心力交瘁，我怕到明天身上也许割不下一磅肉来偿还我这位不怕血腥气的债主了。狱官，走吧。求上帝，让巴萨尼奥来亲眼看见我替他还债，我就死而无怨了！

第四场　贝尔蒙特。鲍西娅家中一室

【鲍西娅、尼莉莎、罗兰佐、杰西卡及鲍尔萨泽上。

罗兰佐　夫人，不是我当面恭维您，您的确有一颗高贵真诚、不同凡俗的仁爱之心。尤其像这次敦促尊夫上路，宁愿割舍儿女的私情，这一种精神毅力，真令人万分钦佩。可是您倘使知道受到您这种好意的是个什么人，您所救援的是怎样一个正直的君子，他对于尊夫的交情又是怎样深挚，我相信您一定会格外因为做了这一件好事而自傲，不仅仅认为这是在人道上一件不得不尽的义务而已。

　　鲍西娅　我做了好事从来不后悔，现在当然也不会。因为凡是常在一块儿谈心游戏的朋友，彼此之间都有一种相互的友爱，他们在容貌上、风度上、习性上，也必定相去不远。所以在我想来，这位安东尼奥既然是我丈夫的心腹好友，他的为人一定很像我的丈夫。要是我的猜想果然不错，那么我把一个跟我的灵魂相仿的人从残暴的迫害下救赎出来，花了这一点儿代价，算得什么！可是这样的话，太近于自吹自擂了，所以别说了吧，还是谈些其他的事情。罗兰佐，在我的丈夫回来以前，我要劳驾您替我照管家里；我自己已经向天许下密誓，要在祈祷和默念中过着生活，只让尼莉莎一个人陪着我，直到我们两人的丈夫回来。在两里路之外有一所修道院，我们就预备住在那儿。我向您提出这一个请求，不只是为了个人的私情，还有其他事实上的必要，请您不要拒绝我。

　　罗兰佐　夫人，您有什么吩咐，我无不乐于遵命。

　　鲍西娅　我的仆人们都已知道我的决心，他们会把您和杰西卡当作巴萨尼奥和我自己一样看待。后会有期，再见了。

　　罗兰佐　但愿美妙的思想和安乐的时光追随在您的身旁！

　　杰西卡　愿夫人一切如意！

　　鲍西娅　谢谢你们的好意，我也愿意用同样的愿望祝福你们。再见，杰西卡。（杰西卡、罗兰佐下）鲍尔萨泽，我一向知道你诚实可靠，希望你现在仍然诚实可靠。这一封信你给我火速送到帕度亚，交给我的表兄培拉里奥博士亲手收拆；要是他有什么回信和衣服交给你，你就赶快带着它们到码头上，乘公共渡船到威尼斯去。不要多说话，去吧，我会在威尼斯等你。

　　鲍尔萨泽　小姐，我尽快去就是了。（下）

　　鲍西娅　来，尼莉莎，我现在还要干一些你尚不知道的事情，我们要在我们的丈夫想到我们之前去跟他们相会。

　　尼莉莎　我们要让他们看见我们吗？

　　鲍西娅　他们将会看见我们，尼莉莎，可是我们要打扮得叫他们认不出我们的本来面目。我可以跟你打赌无论什么东西，要是我们都扮成了少年男子，我一定比你漂亮点儿，带起刀子来也比你格外神气点儿。我会沙着喉咙讲话，就像一个正在发育的男孩子一样；我会把两个姗姗细步变成一个男人家的阔步；我会学着那些爱吹牛的哥儿们的样子，谈论一些击剑比武的玩意儿，再随口编造些巧妙的谎话，什么谁家的千金小姐爱上了我啦，我不接受她的好意，她害起病来死啦，我怎么心中不忍，后悔不该害了人家的性命啦，以及二十个诸如此类的无关重要的谎话。人家听见了，一定以为我走出学校的门还不满一年。这些爱吹牛的娃娃们的鬼花样儿我有一千种在脑袋里，都可以搬出来应用。

尼莉莎　怎么，我们要扮成男人吗？

鲍西娅　为什么不？来，车子在门口等着我们。我们上了车，我可以把我的整个计划一路告诉你。快去吧，今天我们要赶二十里路呢。

第五场　同前。花园

【朗斯洛特及杰西卡上。

朗斯洛特　真的，不骗您，父亲的罪恶是要子女承担的，所以我倒真的在替您捏着一把汗呢。我一向喜欢对您说老实话，所以现在我也老老实实地把我心里所担忧的事情告诉您。您放心吧，我想您总免不了下地狱。只有一个希望也许可以帮帮您的忙，可是那也是个不大高妙的希望。

杰西卡　请问你，是什么希望呢？

朗斯洛特　嗯，您可以存着一半的希望，希望您不是您的父亲所生，不是这个犹太人的女儿。

杰西卡　这个希望可真的太不高妙啦；这样说来，我母亲的罪恶又要降到我的身上来了。

朗斯洛特　那倒也是真的，您不是为您的父亲下地狱，就是为您的母亲下地狱；逃过了凶恶的礁石，逃不过危险的旋涡。好，您下地狱是下定了。

杰西卡　我可以靠着我的丈夫得救，他已经使我变成一个基督徒。

朗斯洛特　这就是他大大的不该。咱们本来已经有很多的基督徒，简直快要挤都挤不下啦。要是再这样把基督徒一批一批制造出来，猪肉的价钱一定会飞涨，大家吃起猪肉来，恐怕每人只好分到一片薄薄的咸肉了。

杰西卡　朗斯洛特，你这样胡说八道，我一定要告诉我的丈夫。他来啦。

【罗兰佐上。

罗兰佐　朗斯洛特，你要是再拉着我的妻子在壁角里说话，我真的要吃起醋来了。

杰西卡　不，罗兰佐，你放心好了，我已经跟朗斯洛特翻脸啦。他老是不客气地告诉我，上天不会对我发慈悲，因为我是一个犹太人的女儿；他又说你不是国家的好公民，因为你把犹太人变成了基督徒，提高了猪肉的价钱。

罗兰佐　要是政府向我质问起来，我自有话说。可是，朗斯洛特，你把那黑人的女儿弄大了肚子，这该做何解释呢？

朗斯洛特　那摩尔姑娘如果是失去理智而干了那事，那倒非同小可；但如果她本来就不是良家妇女，倒要算是我把她抬举了一番。

罗兰佐　瞧，哪一个笨蛋都可以玩一点儿文字游戏！这样一来，盖世无双的辩才只好哑口无言，唯有八哥口里的话才受人称道了。进去，小鬼，叫他们预备吃饭了。

朗斯洛特　先生，他们早已预备好了。他们都是有肚子的呢。

罗兰佐　嘿，你的嘴真尖利！那么，就叫他们把饭预备好吧。

朗斯洛特　那也准备好了，老爷，就只差说："安排饭桌。"

罗兰佐　那么，先生，您愿意"安排饭桌"吗？

朗斯洛特　先生，小的不敢，唯知恪守本职。

罗兰佐　竟是一个机会都不肯放过！你想把你的全部才智在一转眼里全部和盘端出吗？我是个老实人，不会跟你歪扯。去对你那些同伴们说，桌子可以铺起来，饭菜可以端上来，我们要进来吃饭啦！

朗斯洛特　是，先生，我就去叫他们把饭菜铺起来，桌子端上来；至于您进不进来吃饭，那可悉随尊便。（下）

罗兰佐 瞧他毫无破绽，瞧他的话真是说得珠联璧合。傻瓜把大量好话都栽种在记忆里。我确实知道，有许多傻瓜跟他一样装束，地位也比他高，会为了一句俏皮话而抛开正事不管。你好吗，杰西卡？亲爱的好人儿，现在告诉我，你对于巴萨尼奥的夫人有什么意见？

杰西卡 好到没有话说。巴萨尼奥大爷娶到这样一位好夫人，享尽了人世天堂的幸福，自然应该不会走上邪路了。要是有两个天神打赌，各自拿一个人间的女子做赌注，如其中一个是鲍西娅，那么还有一个必须另外加上些什么，才可以彼此相抵，因为这一个寒碜的世界还不能产生一个跟她同样好的人来。

罗兰佐 他娶到了她这么一个好妻子，你也嫁着了我这么一个好丈夫。

杰西卡 那可要先问问我的意见。

罗兰佐 可以可以，可是先让我们吃了饭再说。

杰西卡 不，让我趁着胃口没有倒之前，先把你恭维两句。

罗兰佐 不，你有话还是留到吃饭的时候说吧，那么不论你说得好说得坏，我都可以连着饭菜一起吞下去。

杰西卡 好，你且等着听我怎样说你吧。

夏洛克在法庭上一口咬定什么赔偿也不要，就要安东尼奥的一磅肉，情况非常危急，多亏来了一位法学博士代替律师出场。聪明的博士步步诱敌，将夏洛克开出的条件变成了对夏洛克自身不利的条件，终于免去了安东尼奥的惩罚，也为夏洛克逃走的女儿争取到了财产。那么这个神秘的聪明的博士是谁呢？一场悲剧转眼化为喜剧，谁是这里的关键人物呢？

第一场　威尼斯。法庭

【公爵、众绅士、安东尼奥、巴萨尼奥、葛莱西安诺、萨拉里诺、萨莱尼奥及余人等同上。

公爵　安东尼奥来了吗？

安东尼奥　来了，殿下。

公爵　我很为你发愁。你是来跟一个心如铁石的对手当庭对质，那是个不懂得怜悯，没有一丝慈悲心的不近人情的恶汉。

安东尼奥　听说殿下曾经用尽力量，劝他不要把事情做绝，可是他一味坚持，不肯略作让步。既然没有合法的手段可以使我脱离他的怨毒的掌握，我只有默然承受他的愤怒，安心等待着他的残暴的处置。

公爵　来人，传那犹太人到庭。

萨拉里诺　他在门口等着，他来了，殿下。

【夏洛克上。

公爵　大家让开些，让他站在我的面前。夏洛克，人家都以为你不过故意装出这一副凶恶的姿态，到了最后关头，就会显出你的仁慈恻隐来，比你现在这种表面上的残酷更加出人意料。现在你虽然坚持着照约处罚，一定要从这个不幸的商人身上割下一磅肉来，但到了那时候，你不但愿意放弃这一种处罚，而且因为受到良心上的感动，说不定还会豁免他一部分欠款。人家都这样说，我也这样猜想着。你看他最近接连遭逢的巨大损失，足以使无论怎样富有的商人倾家荡产，即使铁石一样的心肠，从来不知道人类同情的野蛮人，也不能不对他的境遇产生怜悯。犹太人，我们都在等候你一句温和的回答。

　　夏洛克　我的意思已经向殿下禀告过了。我也已经指着我们的圣安息日起誓，一定要照约行罚；要是殿下不准许我的请求，那就是蔑视宪章，我要到京城上告去，要求撤销贵邦的特权。您要是问我为什么不愿接受三千块钱，宁愿拿一块腐烂的臭肉，那我可没有什么理由可以回答您，我只能说我喜欢这样。这是不是一个回答？要是我的屋子里有了耗子，我高兴出一万块钱叫人把它们赶走，谁管得了我？这不是回答了您吗？有的人不爱看张开嘴的猪，有的人瞧见一只猫就要发脾气，还有人听见人家吹风笛的声音，就忍不住要小便；因为一个人的感情完全受着喜恶的支配，谁也做不了自己的主。现在我就这样回答您：为什么有人受不住一头张开嘴的猪，有人受不住一只有益无害的猫，还有人受不住咿咿唔唔的风笛的声音，这些都是毫无充分的理由的，只是因为天生的癖性，使他们一受到感触，就会情不自禁地现出丑相来。所以我不能举什么理由，也不愿举什么理由，只是因为我对安东尼奥抱着久积的仇恨和深刻的反感，所以才会向他进行一场对于我自己并没有好处的诉讼。现在您不是已经得到我的回答了吗？

　　巴萨尼奥　你这冷酷无情的家伙，这样的回答辩解不了你目前的残忍。

　　夏洛克　我的回答本来不是为要讨你的欢喜。

　　巴萨尼奥　难道人们对于他们所不喜欢的东西，都一定要置之死地吗？

　　夏洛克　哪一个人会恨他所不愿意杀死的东西？

　　巴萨尼奥　初次的冒犯，不应该就引为仇恨。

　　夏洛克　什么！你愿意给毒蛇咬两次吗？

安东尼奥　请你想一想，你现在跟这个犹太人讲理，就像站在海滩上，叫那大海的怒涛减低它的奔腾的威力，责问豺狼为什么害母羊为了失去它的羔羊而哀啼，或是叫那山上的松柏，在受到天风吹拂的时候，不要摇头摆脑，发出簌簌的声音。要是你能够叫这个犹太人的心变软——世上还有什么东西比它更硬呢？——那么还有什么难事不可以做到？所以我请你不用再跟他商量什么条件，也不用替我想什么办法，让我爽爽快快受到判决，满足这犹太人的心愿吧。

巴萨尼奥　借了你三千块钱，现在拿六千块钱还你好不好？

夏洛克　即使这六千块钱中间的每一块钱都可以分作六份，每一份都可以变成一块钱，我也不要。我只要照约处罚。

公爵　你这样一点儿没有慈悲之心，将来怎么能够希望人家对你慈悲呢？

夏洛克　我又不干错事，怕什么刑罚？你们买了许多奴隶，把他们当作驴狗骡马一样看待，叫他们做种种卑贱的工作，因为他们是你们出钱买来的。我可不可以对你们说，让他们自由，叫他们跟你们的子女结婚吧！为什么他们要在重担之下流着血汗呢？让他们的床铺跟你们的床同样柔软，让他们的舌头也尝尝你们所吃的东西吧！你们会回答说："这些奴隶是我们所有的。"所以我也可以回答你们：我向他要求的这一磅肉，是我出了很大的代价买来的。它是我的所有，我一定要把它拿到手。您要是拒绝了我，那么你们的法律根本就是骗人的东西！我现在等候着判决，请快些回答我，我可不可以拿到这一磅肉？

公爵　我已经差人去请培拉里奥——一位有学问的博士——来替我们审判这件案子了。要是他今天不来，我有权宣布延期判决。

萨拉里诺　殿下，外面有一个使者刚从帕度亚来，带着这位博士的书信，等候着殿下的召唤。

公爵　把信拿来给我，叫那使者进来。

巴萨尼奥　高兴起来吧，安东尼奥！喂，老兄，不要灰心！这犹太人可以把我的肉、我的血、我的骨头，我的一切都拿去，可是我决不让你为了我的缘故流一滴血。

安东尼奥　我是羊群里一头不中用的病羊，死是我的应分；最软弱的果子最先落到地上，让我也就这样结束了我的一生吧。你应当继续活下去，巴萨尼奥；我的墓志铭除了你以外，是没有人写得好的。

【尼莉莎扮律师书记上。

公爵　你是从帕度亚培拉里奥那里来的吗？

尼莉莎　是，殿下。培拉里奥叫我向殿下致意。（呈上一信）

巴萨尼奥　你这样使劲儿磨着刀干什么？

夏洛克　从那破产的家伙身上割下那磅肉来。

葛莱西安诺　狠心的犹太人，你的刀不应该放在你的靴底磨，应该放在你的灵魂里磨，才可以磨得锐利；就是刽子手的钢刀，也及不上你的刻毒的心肠厉害。难道什么恳求都不能打动你吗？

夏洛克　不能，无论你说得多么婉转动听，都没有用。

葛莱西安诺　万恶不赦的狗，看你死后不下地狱！让你这种东西活在世上，真是公道不生眼睛。你简直使我的信仰发生摇动，相信起毕达哥拉斯所说的畜生的灵魂可以转生人体的议论来了。你的前生一定是一头豺狼，因为吃了人给人捉住吊死，它那凶恶的灵魂就从绞架上逃了出来，钻进了你那老娘的肮脏的胎里，因为你的性情正像豺狼一样残暴贪婪。

夏洛克　除非你能够把我这一张契约上的印章骂掉，否则像你这样拉开了喉咙直嚷，不过白白伤了你的肺，何苦来呢？好兄弟，我劝你还是修养修养你的聪明吧，免得它将来一起毁坏得不可收拾。我在这儿要求法律的裁判。

公爵　培拉里奥在这封信上介绍一位年轻有学问的博士出席我们的法庭。他在什么地方？

尼莉莎　他就在这儿附近等着您的答复，不知道殿下准不准许他进来？

公爵　非常欢迎。来，你们去三四个人，恭恭敬敬领他到这儿来。现在让我们把培拉里奥的来信当庭宣读。

书记　（读）"尊翰到时，鄙人抱疾方剧；适有一青年博士鲍尔萨泽君自罗马来此，致其慰问，因与详讨犹太人与安东尼奥一案，遍稽群籍，折中是非，遂恳其为鄙人庖代，以应殿下之召。凡鄙人对此案所具意见，此君已深悉无遗；其学问才识，虽穷极赞辞，亦不足道其万一，务希勿以其年少而忽之，盖如此少年老成之士，实鄙人生平所仅见也。倘蒙延纳，必能不辱使命。敬祈钧裁。"

公爵 你们已经听到了博学的培拉里奥的来信。这儿来的大概就是那位博士了。

【鲍西娅扮律师上。

公爵 把您的手给我。足下是从培拉里奥老前辈那儿来的吗？

鲍西娅 正是，殿下。

公爵 欢迎欢迎，请上座。您有没有明了今天我们在这儿审理的这件案子的两方面的争议点？

鲍西娅 我对于这件案子的详细情形已经完全知道了。这儿哪一个是那商人，哪一个是犹太人？

公爵 安东尼奥，夏洛克，你们两人都上来。

鲍西娅 你的名字就叫夏洛克吗？

夏洛克 夏洛克是我的名字。

鲍西娅 你这场官司打得倒也奇怪，可是按照威尼斯的法律，你的控诉是可以成立的。（向安东尼奥）你的生死现在操在他的手里，是不是？

安东尼奥 他是这样说的。

鲍西娅 你承认这借约吗？

安东尼奥 我承认。

鲍西娅 那么犹太人应该慈悲一点儿。

夏洛克 为什么我应该慈悲一点儿？把您的理由告诉我。

鲍西娅 慈悲不是出于勉强，它是像甘霖一样从天上降下尘世；它不但给幸福于受施的人，也同样给幸福于施予的人。它有超乎一切的无上威力，比皇冠更足以显出一个帝王的高贵：御杖不过象征着俗世的威权，使人民对于君上的尊严凛然生畏；慈悲的力量却高出于权力之上，它深藏在帝王的内心，是一种属于上帝的德性。执法的人倘能把慈悲调剂着公道，人间的权力就和上帝的神力没有差别。所以，犹太人，虽然你所要求的是公道，可是请你想一想，要是真的按照公道执行起赏罚来，谁也没有死后得救的希望。我们既然祈祷着上帝的慈悲，就应该自己做一些慈悲的事。我说了这一番话，为的是希望你能够从你的法律的立场上做几分让步；可是如果你坚持着原来的要求，那么威尼斯的法庭是执法无私的，只好把那商人宣判定罪了。

夏洛克　我只要求法律允许我照约行罚。

鲍西娅　他是不是不能清还你的债款？

巴萨尼奥　不，我愿意替他当庭还清，照原数加倍也可以。要是这样他还不满足，那么我愿意签署契约，还他十倍的数目，倘若不能如约，他可以割我的手，砍我的头，挖我的心。要是这样还不能使他满足，那就是存心害人，不顾天理了。请堂上运用权力，把法律稍微变通一下，犯一次小小的错误，干一件大大的功德，别让这个残忍的恶魔逼他杀人的兽欲。

鲍西娅　那可不行，在威尼斯谁也没有权力变更既成的法律；要是开了这一个恶例，以后谁都可以借口有例可援，什么坏事情都可以干了。这是不行的。

夏洛克　一个但尼尔来做法官了！真的是但尼尔再世！聪明的青年法官啊，我真佩服你！

鲍西娅　请你让我瞧一瞧那借约。

夏洛克　在这儿，可尊敬的博士，请看吧。

鲍西娅　夏洛克，他们愿意出三倍的钱还你呢。

夏洛克　不行，不行，我已经对天发过誓啦，难道我可以让我的灵魂背上毁誓的罪名吗？不，把整个儿威尼斯给我我都不能答应。

鲍西娅　好，那么就应该照约处罚。根据法律，这犹太人有权要求，从这商人的胸口割下一磅肉来。还是慈悲一点儿，把三倍原数的钱拿去，让我撕了这张约吧。

夏洛克　等他按照约中所载条款受罚以后，再撕不迟。您瞧上去像是一个很好的法官；您懂得法律，您讲的话也很有道理，不愧是法律界的中流砥柱，所以现在我就用法律的名义，请您立刻进行宣判。凭着我的灵魂起誓，谁也不能用他的口舌改变我的决心。我现在就等着执行原约。

安东尼奥　我也诚心请求堂上从速宣判。

鲍西娅　好，那么就是这样：你必须准备让他的刀子刺进你的胸膛。

夏洛克　啊，尊严的法官！好一位优秀的青年！

鲍西娅　因为这约上所制定的惩罚，就法律条文而言，是完全有效的。

夏洛克　对极了！啊，聪明正直的法官！想不到你瞧上去这样年轻，见识却这么老练！

鲍西娅　所以你应该把你的胸膛袒露出来。

夏洛克　对了，"他的胸部"，约上是这么说的，不是吗，尊严的法官？"附近心口的所在"，约上写得明明白白的。

鲍西娅　不错，称肉的天平有没有预备好？

夏洛克　我已经带来了。

鲍西娅　夏洛克，你应该自己拿出钱来，请一位外科医生替他堵住伤口，免得他流血而死。

夏洛克　约上有这样的规定吗？

鲍西娅　约上并没有这样的规定，可是那又有什么相干呢？为了仁慈起见，你这样做总是不错的。

夏洛克　我找不到。这一条约上没有这样写。

鲍西娅　商人，你还有什么话要说吗？

安东尼奥　我没有多少话要说。我已经准备好了。把你的手给我，巴萨尼奥，再会吧！不要因为我为了你的缘故遭到这种结局而悲伤，因为命运对我已经特别照顾了：她往往让一个不幸的人在家产荡尽以后继续活下去，用他凹陷的眼睛和满是皱纹的额角去接受贫困的暮年。这一种拖延时日的刑罚，她已经对我豁免了。替我向尊夫人致意，告诉她安东尼奥的结局；对她说我怎样爱你，替我在死后说几句好话。等到你把这一段故事讲完以后，再请她判断一句，巴萨尼奥是不是曾经有过一个真心爱他的朋友。不要因为你将要失去一个朋友而懊恨，替你还债的人是死而无怨的。只要那犹太人的刀刺得深一点儿，我就可以在一刹那的时间把那笔债完全还清。

巴萨尼奥 安东尼奥，我爱我的妻子，就像我自己的生命一样；可是我的生命、我的妻子，以及整个世界，在我的眼中都不比你的生命更为贵重。我愿意丧失一切，把它们献给这恶魔做牺牲，来救出你的生命。

鲍西娅 尊夫人要是就在这儿听见您说这样的话，恐怕不见得会感谢您吧。

葛莱西安诺 我有一个妻子，我可以发誓我是爱她的；可是我希望她马上归天，好去求告上帝改变这恶狗一样的犹太人的心。

尼莉莎 幸亏尊驾在她的背后说这样的话，否则府上一定要吵得鸡犬不宁了。

夏洛克 这些便是相信基督教的丈夫！我有一个女儿，我宁愿她嫁给强盗的子孙，不愿她嫁给一个基督徒！别再浪费光阴了，请快些宣判吧。

鲍西娅 那商人身上的一磅肉是你的。法庭判给你，法律许可你。

夏洛克 最公平正直的法官！

鲍西娅 你必须从他的胸前割下这磅肉来。法律许可你，法庭判给你。

夏洛克 最博学多才的法官！判得好！来，预备！

鲍西娅 且慢，还有别的话哩。这约上并没有允许你取他的一滴血，只是写明着"一磅肉"。所以你可以照约拿一磅肉去，可是在割肉的时候，要是流下一滴基督徒的血，你的土地财产，按照威尼斯的法律，就要全部充公。

葛莱西安诺 啊，公平正直的法官！听着，犹太人！啊，博学多才的法官！

夏洛克 法律是这样说的吗？

鲍西娅 你自己可以去查查明白。既然你要求公道，我就给你公道，不管这公道是不是你所希望的。

葛莱西安诺 啊，博学多才的法官！听着，犹太人！好一个博学多才的法官！

夏洛克　那么我愿意接受还款。照约上的数目三倍还我，放了那基督徒吧。

巴萨尼奥　钱在这儿。

鲍西娅　别忙！这犹太人必须得到绝对的公道。别忙！他除了照约处罚以外，不能接受其他的赔偿。

葛莱西安诺　啊，犹太人！一个公平正直的法官，一个博学多才的法官！

鲍西娅　所以你准备着动手割肉吧。不准流一滴血，也不准割得超过或是不足一磅的重量。要是你割下来的肉，比一磅略微轻一点儿或是重一点儿，即使相差只有一丝一毫，或者仅仅一根汗毛之微，就要把你抵命，你的财产全部充公。

葛莱西安诺　一个再世的但尼尔，一个但尼尔，犹太人！现在你可掉在我的手里了，你这异教徒！

鲍西娅　那犹太人为什么还不动手？

夏洛克　把我的本钱还我，放我去吧。

巴萨尼奥　钱我已经预备好在这儿，你拿去吧。

鲍西娅　他已经当庭拒绝过了。我们现在只能给他公道，让他履行原约。

葛莱西安诺　好一个但尼尔，一个再世的但尼尔！谢谢你，犹太人，你教会我说这句话。

夏洛克　难道我不能单单拿回我的本钱吗？

鲍西娅　犹太人，除了冒着你自己生命的危险，割下那一磅肉以外，你不能拿一个钱。

夏洛克　好，那么魔鬼保佑他去享用吧！我不要打这场官司了。

鲍西娅　等一等，犹太人，法律上还有一点儿牵涉你。威尼斯的法律规定：凡是一个异邦人企图用直接或间接手段，谋害任何公民，查明确有实据者，他的财产的半数应当归被企图谋害的一方所有，其余的半数没收入公库；犯罪者的生命悉听公爵处置，他人不得过问。你现在刚巧陷入这一条法网，因为根据事实的发展，已经足以证明你确有运用直接间接手段，危害被告生命的企图，所以你已经遭逢着我刚才所说起的那种危险了。快快跪下来，请公爵开恩吧。

葛莱西安诺　求公爵开恩，让你自己去寻死，因为你的财产现在充了公，一根绳子也买不起啦，所以还是要让公家破费把你吊死。

公爵　让你瞧瞧我们基督徒的精神，你虽然没有向我开口，我自动饶恕了你的死罪。你的财产一半划归安东尼奥，还有一半没收入公库；要是你能够诚心悔过，也许还可以减除你一笔较轻的罚款。

鲍西娅　这是说没收入公库的那一部分，不是说划归安东尼奥的那一部分。

夏洛克　不，把我的生命连着财产一起拿了去吧，我不要你们的宽恕。你们夺去了我的养家活命的根本，就是夺去了我的家，活活的要了我的命。

鲍西娅　安东尼奥，你能给他一点儿慈悲吗？

葛莱西安诺　白送给他一根上吊的绳子吧！看在上帝的面上，不要给他别的东西！

安东尼奥　要是殿下和堂上愿意从宽发落，免予没收他的财产的一半，我就十分满足了，只是要他能够让我接管他的另外一半的财产，等他死了以后，把它交给最近和他的女儿私奔的那位绅士。可是还要有两个附带的条件：第一，他接受了这样的恩典，必须立刻改信基督教；第二，他必须当庭写下一张文契，声明他死了以后，他的全部财产传给他的女婿罗兰佐和他的女儿。

公爵　他必须办到这两个条件，否则我就撤销刚才所宣布的赦令。

鲍西娅　犹太人，你满意吗？你有什么话说？

夏洛克　我满意。

鲍西娅　书记，写下一张授赠产业的文契。

夏洛克　请你们允许我退庭，我身子不大舒服。文契写好了送到我家里，我在上面签名就是了。

公爵　去吧，可是临时变卦是不成的。

葛莱西安诺　你在受洗礼的时候，可以有两个教父；要是我做了法官，我一定给你请十二个教父，不是领你去受洗，是送你上绞架。(夏洛克下)

公爵　先生，我想请您到舍间去用餐。

鲍西娅　请殿下多多原谅，我今天晚上要回帕度亚去，必须现在就动身，恕不奉陪了。

公爵　您这样匆忙，不能容我略尽寸心，真是抱歉得很。安东尼奥，谢谢这位先生，你这回全亏了他。（公爵、众士绅及侍从等下）

巴萨尼奥　最可尊敬的先生，我跟我这位敝友今天多赖您的智慧，免去了一场无妄之灾。为了表示我们的敬意，这三千块钱本来是预备还那犹太人的，现在就奉送给先生，聊以报答您的辛苦。

安东尼奥　您的大恩大德，我们是永远不忘记的。

鲍西娅　一个人做了心安理得的事，就是得到了最大的酬报；我这次能使二位解脱困境，心里已十分满足，用不着再谈什么酬谢了。但愿咱们下次见面的时候，两位仍旧认识我。现在我就此告辞了。

巴萨尼奥　好先生，我不能不再向您提出一个请求，请您随便从我们身上拿些什么东西去，不算是酬谢，只好算是留个纪念。请您答应接受我两件礼物，赏我这一个面子，原谅我的礼轻意重。

鲍西娅　你们这样殷勤，我只好却之不恭了。（向安东尼奥）把您的手套送给我，让我戴在手上留个纪念吧；（向巴萨尼奥）为了纪念您的盛情，让我拿了这戒指去。不要缩回您的手，我不再向您要什么了；您既然是一片诚意，想来总也不会拒绝我吧。

巴萨尼奥　这指环吗，好先生？唉！它是个不值钱的玩意儿，我不好意思把这东西送给您。

鲍西娅　我什么都不要，就是要这指环。现在我想我非得把它要了来不可。

巴萨尼奥　这指环的本身并没有什么价值，可是因为有其他的关系，我不能把它送人。我愿意搜访威尼斯最贵重的一枚指环来送给您，可是这一枚却只好请您原谅了。

鲍西娅　先生，您原来是个口惠而实不至的人。您先教我怎样乞讨，然后再教我怎样应付别人的乞讨。

巴萨尼奥　好先生，这指环是我的妻子给我的；她把它套上我的手指的时候，曾经叫我发誓永远不把它出卖、送人或是遗失。

　　鲍西娅　人们在吝惜他们的礼物的时候，都可以用这样的话做推托的。要是尊夫人不是一个疯婆子，她知道了我对于这指环是多么受之无愧，一定不会因为您把它送掉了而跟您长久反目的。好，愿你们平安！（*鲍西娅、尼莉莎同下*）

　　安东尼奥　我的巴萨尼奥少爷，让他把那指环拿去吧；看在他的功劳和我的交情上，违犯一次尊夫人的命令，想来不会有什么要紧。

　　巴萨尼奥　葛莱西安诺，你快追上他们，把这指环送给他；要是可能的话，领他到安东尼奥的家里去。去，赶快！（*葛莱西安诺下*）来，我就陪着你到你府上，明天一早咱们两人就飞到贝尔蒙特去。来，安东尼奥。

第二场　同前。街道

　　【*鲍西娅及尼莉莎上。*

　　鲍西娅　打听打听这犹太人住在什么地方，把这文契交给他，叫他签了字。我们要比我们的丈夫先一天到家，所以一定得在今天晚上动身。罗兰佐拿到了这一张文契，一定高兴得不得了。

　　【*葛莱西安诺上。*

　　葛莱西安诺　好先生，我好容易追上了您。我家老爷巴萨尼奥再三考虑之下，决定叫我把这指环拿来送给您，还要请您赏光陪他吃一顿饭。

　　鲍西娅　那可没法应命。他的指环我收下了，请你替我谢谢他。我还要请你给我这小兄弟带路到夏洛克老头儿的家里。

　　葛莱西安诺　可以可以。

　　尼莉莎　大哥，我要向您说句话。（*向鲍西娅旁白*）我要试一试我能不能把我丈夫的指环拿下来，我曾经叫他发誓永远保存的。

　　鲍西娅　你一定能够。我们回家以后，一定可以听听他们指天发誓，说他们把指环送给了男人；可是我们要压倒他们，比他们发更厉害的誓。你快去吧，你知道我会在什么地方等你。

　　尼莉莎　来，大哥，请您给我带路。

▌情境赏析▐

　　这幕戏的戏剧冲突是以夏洛克为一方、以安东尼奥等人为另一方，围绕是否"照约执行处罚"即是否"割一磅肉"的契约纠纷进行的。这一幕的第一场分为前后两部分，以鲍西娅上场为转机。此前，夏洛克在双方交锋中占尽上风。轮到鲍西娅上场，她欲擒故纵，一步步地将夏洛克引入陷阱，最后，在夏洛克得意忘形，安东尼奥、巴萨尼奥等其他人都陷于绝望时，剧情突然逆转。鲍西娅提出可以割一磅肉，但"不准流一滴血"，不能相差"一丝一毫"，一下子就让夏洛克陷入绝境，从而把法律的惩罚无情地加到他的身上，使他落得人财两空、一败涂地的下场。

　　这场戏在紧张激烈的戏剧冲突中，塑造了众多鲜明的人物形象。在这场法庭审判中，每个人都表现出了自己的个性：夏洛克的贪婪和残忍，鲍西娅的聪敏和机智，安东尼奥的侠义精神，都写得栩栩如生。其他人物，如稳重慈祥的公爵，暴躁易怒的葛莱西安诺，个性也很鲜明，给人印象深刻。

▌名家点评▐

　　《威尼斯商人》是英国文艺复兴时期剧作家莎士比亚创作的喜剧中社会意义最强的一部，也是莎士比亚创作第一时期（1590－1600）中最成熟的剧作之一。

——（俄）卡拉姆辛

故事终于以皆大欢喜的结局收场，有的人获得了爱情；有的人获得了钱财；有的人获得了尊重；有的人获得了应得的惩罚。但是最后大家都会知道，那个年轻的法学博士就是聪明美丽而慈悲的鲍西娅。

第一场　贝尔蒙特。通至鲍西娅住宅的林荫路

【罗兰佐及杰西卡上。

罗兰佐　好皎洁的月色！微风轻轻地吻着树枝，不发出一点儿声响；我想正是在这样一个夜里，特洛伊罗斯登上了特洛伊的城墙，遥望着克瑞西达所寄宿的希腊人的军营，发出他深心中的悲叹。

杰西卡　正是在这样一个夜里，提斯柏心惊胆颤地踩着露水，去赴她情人的约会，因为看见了一头狮子的影子，吓得远远逃走。

罗兰佐　正是在这样一个夜里，狄多手拿柳枝，站在辽阔的海滨，招她的爱人回到迦太基来。

杰西卡　正是在这样一个夜里，美狄亚采集了灵芝仙草，使衰迈的伊阿宋返老还童。

罗兰佐　正是在这样一个夜里，杰西卡从犹太富翁的家里逃出来，跟着一个不中用的情郎从威尼斯一直走到贝尔蒙特。

杰西卡　正是在这样一个夜里，年轻的罗兰佐发誓说他爱她，用许多忠诚的盟言偷去了她的灵魂，可是没有一句话是真的。

罗兰佐　正是在这样一个夜里，可爱的杰西卡像一个小泼妇似的，信

口毁谤她的情人，可是他饶恕了她。

杰西卡　倘不是有人来了，我可以搬弄出比你所知道的更多的夜的典故来。可是听！这不是一个人的脚步声吗？

【斯丹法诺上。

罗兰佐　谁在这静悄悄的深夜里跑得这么快？

斯丹法诺　一个朋友。

罗兰佐　一个朋友！什么朋友？请问朋友尊姓大名？

斯丹法诺　我的名字是斯丹法诺，我来向你们报个信，我家女主人在天明以前，就要到贝尔蒙特来了；她一路上看见圣十字架，便停步下来，长跪祷告，祈求着婚姻的美满。

罗兰佐　谁陪她一起来？

斯丹法诺　没有什么人，就是一个修道的隐士和她的侍女。请问我家主人有没有回来？

罗兰佐　他没有回来，我们也没有听到他的消息。可是，杰西卡，我们进去吧，让我们按照礼节，准备一些欢迎这屋子的女主人的仪式。

【朗斯洛特上。

朗斯洛特　索拉！索拉！哦哈呵！索拉！索拉！

罗兰佐　谁在那儿嚷？

朗斯洛特　索拉！你看见罗兰佐老爷吗？罗兰佐老爷！索拉！索拉！

罗兰佐　别嚷啦，朋友，他就在这儿。

朗斯洛特　索拉！哪儿？哪儿？

罗兰佐　这儿。

朗斯洛特　对他说我家主人差一个人带了许多好消息来了。他在天明以前就要回家来啦。（下）

罗兰佐　亲爱的，我们进去，等着他们回来吧。不，还是不用进去。我的朋友斯丹法诺，请你进去通知家里的人，你们的女主人就要来啦，叫他们准备好乐器到门外来迎接。（斯丹法诺下）月光多么恬静地睡在山坡上！

我们就在这儿坐下来，让音乐的声音悄悄送进我们的耳边；柔和的静寂和夜色，是最足以衬托出音乐的甜美的。坐下来，杰西卡。瞧，天宇中嵌满了多少灿烂的金钹；你所看见的每一颗微小的天体，在转动的时候都会发出天使般的歌声，永远应和着嫩眼的天婴的妙唱。在永生的灵魂里也有这一种音乐，可是当它套上这一具泥土制成的俗恶易朽的皮囊以后，我们便再也听不见了。

【众乐工上。

罗兰佐 来啊！奏起一支圣歌来唤醒狄安娜女神；用最温柔的节奏倾注到你们女主人的耳中，让她被乐声吸引着回来。（音乐）

杰西卡 我听见了柔和的音乐，总觉得有些惆怅。

罗兰佐 这是因为你有一颗敏感的灵魂。你只要看一群野性未驯的小马，逞着它们奔放的血气，乱跳狂奔，高声嘶叫，倘若偶尔听到一声喇叭，或是任何乐调，就会一齐立定，它们狂野的眼光，因为中了音乐的魅力，变成了温和的注视。所以诗人会造出俄耳甫斯用音乐感动木石、平息风浪的故事，因为无论怎样坚硬顽固狂暴的事物，音乐都可以立刻改变它们的性质。灵魂里没有音乐，或是听了甜蜜和谐的乐声而不会感动的人，都是善于为非作恶、使奸弄诈的。他们的灵魂像黑夜一样昏沉，他们的感情像鬼蜮一样幽暗。这种人是不可信任的。听这音乐！

【鲍西娅及尼莉莎自远处上。

鲍西娅 那灯光是从我家里发出来的。一支小小的蜡烛，它的光照耀得多么远！一件善行也正像这支蜡烛一样，在这罪恶的世界发出广大的光辉。

尼莉莎 月光明亮的时候，我们就瞧不见灯光。

鲍西娅 小小的荣耀也正是这样给更大的光荣所掩盖。国王出巡的时候，摄政的威权未尝不就像一个君主，可是一等国王回来，他的威权就归于无有，正像溪涧中的细流注入大海一样。音乐！听！

尼莉莎 小姐，这是我们家里的音乐。

鲍西娅 没有比较，就显不出长处；我觉得它比在白天好听得多呢！

尼莉莎 小姐，那是因为晚上比白天静寂的缘故。

鲍西娅 当自唱自赏的时候，乌鸦也可以唱得和云雀一样；要是夜莺在白天杂在群鹅的聒噪里歌唱，人家决不以为它比鹪鹩唱得更美。多少事情因为逢到有利的环境，才能够达到尽善的境界，博得一声恰当的赞赏！喂，静下来！月亮正在拥着她的情郎！酣睡，不肯醒来呢。（音乐停止）

罗兰佐 要是我没有听错，这分明是鲍西娅的声音。

鲍西娅 我的声音太难听，所以一下子就给他听出来了；正像瞎子能够辨认杜鹃一样。

罗兰佐 好夫人，欢迎您回家来！

鲍西娅 我们在外边为我们的丈夫祈祷平安，希望他们能够因我们的祈祷而多福。他们已经回来了吗？

罗兰佐 夫人，他们还没有来；可是刚才有人来送过信，说他们就要来了。

鲍西娅 进去，尼莉莎，吩咐我的仆人们，叫他们就当我们两人没有出去过一样。罗兰佐，您也给我保守秘密；杰西卡，您也不要多说。（喇叭声）

罗兰佐 您的丈夫来啦，我听见他的喇叭的声音。我们不是搬嘴弄舌的人，夫人，您放心好了。

鲍西娅 我觉得这样的夜色就像一个昏沉沉的白昼，不过略微惨淡点儿；没有太阳的白天，瞧上去也不过如此。

【巴萨尼奥、安东尼奥、葛莱西安诺及从者等上。

巴萨尼奥 要是您在没有太阳的地方走路，我们就可以和地球那一面的人共同享有着白昼。

鲍西娅 让我发出光辉，可是不要让我像光一样轻浮；因为一个轻浮的妻子，是会使丈夫的心头沉重的，我决不愿意巴萨尼奥为了我而心头沉重。可是一切都是上帝做主！欢迎您回家来，夫君！

巴萨尼奥 谢谢您，夫人。请您欢迎我这位朋友。这就是安东尼奥，我曾经受过他无穷的恩惠。

　　鲍西娅　他的确使您受惠无穷，因为我听说您曾经使他受累无穷呢。

　　安东尼奥　没有什么，现在一切都已经圆满解决了。

　　鲍西娅　先生，我们非常欢迎您的光临；可是口头的空言不能表示诚意，所以一切客套的话，我都不说了。

　　葛莱西安诺　（向尼莉莎）我凭着那边的月亮起誓，你冤枉了我；我真的把它送给了那法官的书记。好人，你既然把这件事情看得这么重，那么我但愿拿了去的人是个割掉了鸡巴的。

　　鲍西娅　啊！已经在吵架了吗？为了什么事？

　　葛莱西安诺　为了一个金圈圈儿，她给我的一个不值钱的指环，上面刻着的诗句，就跟那些刀匠们刻在刀子上的差不多，什么"爱我勿相弃"。

　　尼莉莎　你管它什么诗句，什么值钱不值钱？我当初给你的时候，你曾经向我发誓，说你要戴着它直到死去，死了就跟你一起葬在坟墓里；即使不为我，为了你所发的重誓，你也应该把它看重，好好地保存着。送给一个法官的书记！呸！上帝可以替我判断，拿了这指环去的那个书记，一定是个脸上永远不会长毛的人。

　　葛莱西安诺　他年纪长大起来，自然会有胡子的。

　　尼莉莎　一个女人也会长成男子吗？

　　葛莱西安诺　我举手起誓，我的确把它送给一个少年，一个年纪小小、发育不全的孩子。他的个儿并不比你高。这个法官的书记，他是个多话的孩子，一定要我把这指环给他做酬劳，我实在不好意思不给他。

　　鲍西娅　恕我说句不客气的话，这是你的不对。你怎么可以把你妻子的第一件礼物随随便便给了人？你已经发过誓把它套在你的手指上，它就是你身体上不可分的一部分。我也曾经送给我的爱人一个指环，使他发誓永不把它抛弃；他现在就在这儿，我敢代他发誓，即使把世间所有的财富向他交换，他也不肯丢掉它或是把它从他的手指上取下来。真的，葛莱西安诺，你太对不起你的妻子了；倘若是我的话，我早就发起脾气来啦。

巴萨尼奥 （旁白）哎哟，我应该把我的左手砍掉了，就可以发誓说，因为强盗要我的指环，我不肯给他，所以连手都给砍下来了。

葛莱西安诺 巴萨尼奥老爷也把他的指环给了那法官了，因为那法官一定要向他讨那指环；其实他就是拿了那指环去，也一点儿不算过分。那个孩子，那法官的书记，因为写了几个字，也就讨了我的指环去做酬劳。他们主仆两人什么都不要，就是要这两个指环。

鲍西娅 我的爷，您把什么指环送了人哪？我想不会是我给您的那一个吧？

巴萨尼奥 要是我可以用说谎来加重我的过失，那么我会否认的，可是您瞧我的手指上没有指环。它已经没有了。

鲍西娅 正像你的虚伪的心里没有一丝真情。我对天发誓，除非等我见了这指环，我再也不跟你同床共枕。

尼莉莎 要是我看不见我的指环，我也再不跟你同床共枕。

巴萨尼奥 亲爱的鲍西娅，要是您知道我把这指环送给什么人，要是您知道我为了谁的缘故把这指环送人，要是您能够想到为了什么理由我把这指环送人，我又是多么舍不下这个指环，可是人家偏偏什么也不要，一定要这个指环，那时候您就不会生这么大的气了。

鲍西娅 要是你知道这指环的价值，或是把这指环给你的那人的一半好处，或是你自己保存着这指环的光荣，你就不会把这指环抛弃。只要你用诚恳的话向他恳切解释，世上哪有这样不讲理的人，会好意思硬要人家留作纪念品的东西？尼莉莎讲的话一点儿不错，我可以用我的生命赌咒，一定是什么女人把这指环拿了去了。

巴萨尼奥 不，夫人，我用我的名誉、我的灵魂起誓，并不是什么女人拿去，的确是送给那位法学博士的。他不接受我送给他的三千块钱，一定要讨这指环，我不答应，他就老大不高兴地去了。就是他救了我的好朋友的性命，我应该怎么说呢，好太太？我没有法子，只好叫人追上去送给他。人情和礼貌逼着我这样做，我不能让我的名誉上沾上忘恩负义的污点。原谅我，好夫人，凭着天上的明灯起誓，要是那时候您也在那儿，我想您一定会恳求我把这指环送给这位贤能的博士的。

鲍西娅 让那博士再也不要走近我的屋子。他既然拿去了我所珍爱的宝物，又是你所发誓永远为我保存的东西，那么我也会像你一样慷慨。我会把我所有的一切都给他，即使他要我的身体，或是我的丈夫的眠床，我都不会拒绝他。我总有一天会认识他的。你还是一夜也不要离开家里，像个百眼怪人那样看守着我吧，否则我可以凭着我的尚未失去的贞操起誓，要是你让我一个人在家里，我一定要跟这个博士睡在一床的。

尼莉莎 我也要跟他的书记睡在一床，所以你还是留心不要走开我的身边。

葛莱西安诺 好，随你的便，只要不让我碰到他；要是他给我捉住了，我就折断这个少年书记的那支笔。

安东尼奥 都是我的不是，引出你们这一场吵闹。

鲍西娅 先生，这跟您没有关系。您来我们是很欢迎的。

巴萨尼奥 鲍西娅，饶恕我这一次出于不得已的错误；当着这许多朋友们的面前，我向你发誓，凭着你的这一双美丽的眼睛，在它们里面我可以看见我自己——

鲍西娅 你们听他的话！我的左眼里也有一个他，我的右眼里也有一个他；你用你的两重人格发誓，我还能够相信你吗？

巴萨尼奥 不，听我说。原谅我这一次错误，凭着我的灵魂起誓，我以后再不违犯对你所做的誓言。

安东尼奥 我曾经为了他的幸福，把我自己的身体向人抵押，倘不是幸亏那个把您丈夫的指环拿去的人，我几乎送了性命。现在我敢再立一张契约，把我的灵魂作为担保，保证您的丈夫决不会再有故意背信的行为。

鲍西娅 那么就请您做他的保证人，把这个给他，叫他比上回那一个保存得牢一些。

安东尼奥 拿着，巴萨尼奥，请您发誓永远保存这一个指环。

巴萨尼奥 天哪！这就是我给那博士的那一个！

鲍西娅 我就是从他手里拿来的。原谅我，巴萨尼奥，因为凭着这个指环，那博士已经跟我睡过觉了。

尼莉莎 原谅我，我的好葛莱西安诺，就是那个发育不全的孩子，那个博士的书记，因为我问他讨这指环，昨天晚上他已经跟我睡在一起了。

葛莱西安诺 哎哟，这就像是在夏天把铺得好好的道路重新翻造。嘿！我们就这样冤冤枉枉地当了王八了吗？

鲍西娅 不要说得那么难听。你们大家都有点莫名其妙。这儿有一封信，拿去慢慢念吧，它是培拉里奥从帕度亚寄来的。你们从这封信里，就可以知道那位博士就是鲍西娅，她的书记便是这位尼莉莎。罗兰佐可以向你们证明，当你们出发以后，我就立刻动身。我回家来还没有多少时候，连大门也没有进去过呢。安东尼奥，我们非常欢迎您到这儿来，我还带着一个您所意料不到的好消息给您，请您拆开这封信，您就可以知道您有三艘商船，已经满载而归，快要到港了。您再也想不出这封信怎么会巧巧儿地到了我的手里。

安东尼奥 我傻眼了。

巴萨尼奥 你就是那个博士，我却不认识你吗？

葛莱西安诺 你就是要叫我当王八的那个书记吗？

尼莉莎 是的，可是除非那书记会长成一个男子，他再也不能叫你当王八。

巴萨尼奥 好博士，你今晚就陪着我睡觉吧；当我不在的时候，你可以睡在我妻子的床上。

安东尼奥 好夫人，您救了我的命，又给了我一条活路。我从这封信里得到了确实的消息，我的船只已经平安到港了。

鲍西娅 喂，罗兰佐！我的书记也有一件好东西要给您哩。

尼莉莎 是的，我可以免费送给他。这儿是那犹太富翁亲笔签署的一张授赠产业的文契，声明他死了以后，全部遗产都传给您和杰西卡，请你们收下了。

罗兰佐 两位好夫人，你们像是散布吗哪的天使，救济着饥饿的人们。

鲍西娅 天已经差不多亮了，可是我知道你们还想把这些事情知道得详细一点儿。我们大家进去吧；你们还有什么疑惑的地方，尽管再向我们发问，我们一定老老实实地回答一切的问题。

葛莱西安诺 很好，我要我的尼莉莎宣誓答复的第一个问题，是现在离白昼只有两小时了，我们还是就去睡觉呢，还是等明天晚上再睡？正是——

> 不惧黄昏近，但愁白日长；
>
> 翩翩书记俊，今夕喜同床。
>
> 金环束指间，灿烂自生光。
>
> 为恐娇妻骂，莫将弃道旁。（众下）